Tenir sa langue

POLINA PANASSENKO

Tenir sa langue

L'accent est ma langue maternelle.
Pour Christilla Pelle-Douel,
Polina Panassenko

ÉDITIONS DE L'OLIVIER

Polina Panassenko est représentée par
l'agence Catherine Nabokov et Linwood Messina Agency.

ISBN 978.2.8236.1959.1

© Éditions de l'Olivier, 2022.

Le Code de la propriété intellectuelle interdit les copies ou reproductions destinées à une utilisation collective. Toute représentation ou reproduction intégrale ou partielle faite par quelque procédé que ce soit, sans le consentement de l'auteur ou de ses ayants cause, est illicite et constitue une contrefaçon sanctionnée par les articles L. 335-2 et suivants du Code de la propriété intellectuelle.

À ma mère

I

Mon audience a lieu au tribunal de Bobigny. Convocation à 9 heures. Je n'y suis jamais allée, je pars en avance. En descendant dans le métro, je tape Comment parler à un juge ? dans la barre de recherche de mon téléphone. Après trois stations, je me demande s'il va vraiment falloir commencer chaque phrase par votre honneur, monsieur le président ou madame la juge. Je me demande si au tribunal ils font comme certains parents. Si on leur répond juste oui, ils disent oui qui ? Tant que tu n'as pas dit oui madame la juge, ils t'ignorent.

Arrivée au tribunal, j'attends mon avocate devant la salle d'audience. Des petits groupes anxieux s'agglutinent de part et d'autre de la porte. Une femme se demande à voix haute pourquoi certains avocats ont de la fourrure au bout de la cravate et d'autres non. Elle a l'angoisse bavarde. J'aperçois mon avocate qui passe la porte tambour et presse le pas. À la sécurité elle ouvre son sac, sort une grosse boule de tissu noir qu'elle coince sous son bras. Quand elle me voit, elle dit Ah vous voilà. Pendant qu'elle enfile sa robe sur ses vêtements de ville, on annonce l'ordre des audiences. La mienne est classée quatrième sur seize.

On appelle Pauline Panassenko. Salle 2, il y a trois femmes assises sur l'estrade. Deux côte à côte, une un peu à l'écart. Je ne sais pas qui est qui. Procureure, magistrate, greffière, dit mon avocate puis elle commence : Ma cliente a demandé à reprendre son prénom de naissance à la place de son prénom francisé. Cela lui a été refusé. Elle a pourtant prouvé qu'elle utilisait son prénom de naissance dans le cadre familial, amical, administratif et professionnel, et ce depuis plusieurs années. Elle veut simplement que son prénom de naissance soit de nouveau sur ses papiers d'identité français. La demande a été rejetée car jugée « dénuée de fondement ». Il doit s'agir d'une erreur…

Elle plaide, mais elle plaide pour rien. La procureure l'écoute comme une mention légale. Mon avocate se trompe sur le postulat de base. Elle pense que la procureure a refusé ma demande à cause d'un flou administratif. Une case que j'aurais mal remplie, mal cochée, une inversion. Mais non. Pas du tout. Il n'y a pas de vice de forme. La procureure a refusé parce qu'elle ne voit pas pourquoi un enfant dont le prénom a été francisé peut vouloir reprendre son prénom de naissance une fois devenu adulte. Elle ne voit pas pourquoi on voudrait porter le prénom qu'on a reçu de ses parents plutôt que celui offert par la République. Elle ne voit pas de fondement à ce que, sur mes papiers d'identité, il soit de nouveau écrit Polina au lieu de Pauline. Elle dit Mais maître, votre cliente est française maintenant. Puis à moi : Si tous vos papiers sont à Polina, eh bien vous pouvez les changer. Les mettre à Pauline. Vous le savez très bien, ça, madame, vous le savez très bien. Vous savez bien, madame, que si votre nom a été francisé, c'est pour faciliter votre intégration dans la société française.

Bien sûr que je le sais. C'est écrit sur demarches.interieur.gouv. « Afin de faciliter votre intégration, vous pouvez demander la francisation de votre nom de famille et/ou de vos prénoms. » Il y a même des exemples :

Ahmed devient Alain.
Giovanni devient Charles.
Antonia devient Adrienne.
Kouassi devient Paul.

Je regarde la procureure et je me demande si mon intégration dans la société française peut être considérée comme réussie. Je regarde la procureure et je me demande ce que ça peut lui faire que mon prénom fasse bifurquer sa langue d'une voyelle.

Ça l'écorche ? Ça lui fait une saignée ? Ou alors elle a peur que je me glisse dans sa langue de procureure. Le prénom comme cheval de Troie. Et une fois à l'intérieur, shlick. Un jaune d'œuf qui coule. Poc. Une fusée dans l'œil. Elle a peur que je la féconde, ouais. Elle a peur que je lui mette ma langue dans la sienne et de ce que ça ferait. Elle a peur de ses propres enfants en fait. Franchement si on se léchait les langues, ça serait tellement mieux. Un bon baisodrome de langues ça détendrait tout le monde. Dans ma tête, il y a de la baise linguistique sur le banc de la salle d'audience du tribunal de Bobigny. La procureure dit J'ai une dernière question pour votre cliente, maître. Mon avocate s'écarte. Je m'avance. *Pensez-vous que c'est dans votre intérêt d'avoir un prénom russe dans la société française ?*

Je pense à mon père, à son calme, et à la génétique. J'ai la même tête que lui, la moustache en moins, mais je n'ai pas son calme. Le calme de mon père, je l'admire. Je l'admire et je ne le comprends pas. Ses copains français qui lui expliquent au dîner que la collectivisation c'est super. Qui l'appellent « camarade » en roulant le *r* et parlent d'unité de production. Je lui dis Mais ça te gêne pas ? T'as pas envie de leur dire « Ta gueule pour voir » ? Non, dit mon père, pas du tout, ce sont des gens bien. Je ne sais pas comment il fait, mon père. Ses potes et leur fantasme de kolkhoze, là, je ne sais pas comment il fait pour les supporter. Quand enfin les potes s'en vont, je lui demande Mais comment tu fais ? Il dit Tu es maximaliste, ma fille. Il faut être plus tolérante.

Il a raison, mon père, je ne suis pas tolérante. J'ai arrêté d'aller chez une copine qui a accroché sur son mur l'image *Battre les Blancs avec le coin rouge* de Lissitzky. Celle avec le triangle qui pénètre le rond blanc. J'ai arrêté d'aller chez elle d'abord puis j'ai fait le lien ensuite. Il faudrait que je lui dise, peut-être. Il faudrait que je lui dise, à ma pote, que mon pays en sang accroché sur son mur, ça me gêne. Ça me gêne sa petite affiche de propagande dans le salon. Ma guerre civile en toile de fond pendant qu'on bouffe des apéricubes, ça me dérange.

Il y a très longtemps, on avait déjà parlé de la révolution d'Octobre. C'était parti en vrille :

Non mais attends t'as pas le monopole de la révolution d'Octobre c'est un événement mondial il est à tout le monde attends t'as un problème avec la révolution d'Octobre t'aimes pas Avrora ou quoi eh les gars elle aime pas Avrora non mais en fait t'es de droite vas-y dis-le que t'es de droite franchement t'aimes pas Lénine t'aimes pas Trotski t'as un problème avec le communisme c'est obligé là tu lis *Le Figaro* eh les gars elle lit *Le Figaro* ou alors t'es une Russe blanche t'es une Russe blanche et t'oses pas le dire ah mais c'est ça t'es une Romanov en fait eh c'est une Romanov vas-y tu t'appelles Anastasia en fait t'es la fille du tsar et t'aimes pas la Révolution parce qu'on t'a pris tes bijoux eh on lui a pris ses bijoux alors elle est pas contente non mais il y a pas eu que des bonnes choses mais ça n'a rien à voir rien à voir faut pas jeter le bébé avec l'eau du bain faut pas mélanger les torchons et les serviettes les mouches et les kotlets ça-n'a-rien-à-voir une poule c'est pas un oiseau Lénine c'est pas Staline Staline c'est pas Trotski bonjour les amalgames bonjour bonjour.

La procureure répète sa question. Le problème avec la rage, chez moi, c'est que pour agir c'est bien mais pour parler c'est horrible. Il faut que ça redescende sinon je fais juste une sorte de vocalise. Un angry yodel. Je me concentre sur ma respiration. Au conservatoire de théâtre, j'avais un prof de yoga qui s'appelait Gaourang. Son vrai nom c'était Jean-Luc mais il se faisait appeler Gaourang. Et Gaourang, en cours de yoga, il nous disait toujours : Sentez l'air frais qui rentre dans les narines et l'air chaud qui ressort. Je regarde la procureure, je pense à Gaourang mais je sens pas d'air frais.

J'ouvre la bouche, je produis des sons. Je dis URSS, je dis juive, je dis cacher son nom. Je n'entends pas ce que je dis mais j'entends ma voix. Une octave plus grave qu'à la normale. Quand je me tais ça fait pas comme dans les films américains où il y a un court silence puis une personne au loin qui applaudit et toute l'assemblée qui se lève. Ça fait pas ça. Ça fait juste la procureure qui dit à la magistrate : C'est intéressant, on a bien fait de la convoquer en audience. Puis elle dit Mettez-moi ça par écrit. En témoignage. Et joignez-le au dossier, maître. Mon avocate lui propose de se prononcer tout de suite. Ne pas refaire un an de procédure, un autre renvoi, une autre audience. Non. Elle ne veut pas la procureure, elle veut son papier. On sort. Mon avocate me regarde. Elle dit Ouh là, vous avez l'air blasée. Elle tempère. Essaie de. Elle dit On est d'accord, si vous vouliez changer Blanche pour Geneviève, ce dialogue n'aurait pas eu lieu, mais il faut voir le bon côté. Il y a une expression russe qui dit « Celui qui a servi à l'armée ne rit pas au cirque ». Je ne le vois pas le bon côté. Mon avocate dit Ne vous braquez pas. Si, je me braque. *Ne vous braquez pas.* Si, je dis. *Bon. Envoyez-moi, dès que vous rentrez, votre témoignage pour la procureure. Formulaire Cerfa N°11527*03.*

Je marche vers le métro, je me dis : surtout ne ressasse pas. Je m'assois dans la ligne 5. De Bobigny à Oberkampf, je ressasse. De Oberkampf à Croix-de-Chavaux, je ressasse encore plus. Est-ce que c'est dans mon intérêt ? Est-ce que c'est dans mon intérêt ? P é t a s s e. Avec ta face de vieux hibou, là. Elle veut du Malraux au Panthéon ? Elle veut son appel du 18 juin ? Les Américains sur les chars qui entrent à Auschwitz. Bim ! Point Godwin ? Rien à foutre. Elle veut du Jean Moulin à Bobigny ? Je vais te les cuire moi tes carottes. Connasse. Bon, faut que je me calme.

Je rentre chez moi. J'imprime le formulaire Cerfa. Je témoigne.

Madame la Procureure de la République,
Je suis née à Moscou, en URSS. Mes parents m'ont appelée Polina. C'est le prénom de ma grand-mère paternelle. Juive. Sa famille a fui les pogroms d'Ukraine et de Lituanie. Quand ma grand-mère est née, ses parents l'ont appelée Pessah. Ça veut dire « le passage ». C'est le jour de célébration de l'Exode.

À la naissance de mon père, ma grand-mère a changé son prénom. Elle l'a russisé. Pour protéger ses enfants. Pour ne pas gâcher leur avenir. Pour leur donner une chance de vivre un peu plus libres dans un pays qui ne l'était pas. Sur l'acte de naissance de mon père, Pessah est devenue Polina.

En 1993, mes parents ont émigré en France avec ma sœur et moi. Quand j'ai obtenu la nationalité française, mon père a fait franciser mon prénom. Lui aussi voulait protéger. Faire pour sa fille ce que sa mère avait fait pour lui.

Ce que je veux moi, c'est porter le prénom que j'ai reçu à la naissance. Sans le cacher, sans le maquiller, sans le modifier. Sans en avoir peur. Faire en France ce que ma grand-mère n'a pas pu faire en Union soviétique.

Je n'ai pas d'enfants mais je désire en avoir un jour. Sur l'acte de naissance, en face de « nom de la mère » je veux écrire « Polina ».

C'est un héritage. Savoir que sa mère était libre de porter son prénom de naissance. C'est celui-là que je veux transmettre, pas celui de la peur.

Je veux croire qu'en France je suis libre de porter mon prénom de naissance.

Je veux prendre ce risque-là.

Je m'appelle Polina.

Janvier 1990. Le premier McDonald's d'URSS ouvre à Moscou. Trente mille personnes. Un kilomètre et demi de queue. Je suis dedans avec mes parents et ma sœur. Il fait froid mais ça vaut le coup. On piétine pour les buterbrods venus de l'Ouest et leurs emballages individuels. Une fois le contenu mangé, on ne les jette pas. On les lave et on les garde. C'est une preuve. Ma mère commande un sachet de frites supplémentaire pour mon grand-père. Lui seulement. Ma grand-mère s'est montrée claire sur son refus d'y toucher. Si elle veut une patate, elle se la prépare. Pas besoin d'Américains pour ça. Depuis la veille elle condamne l'expédition dans son ensemble par un mutisme ostentatoire. Au moment de notre départ, assise sur le meuble à chaussures, elle fixe du regard la porte d'entrée. Une protestation silencieuse doit savoir se rendre visible.

Au retour dans le deux pièces communautaire de l'avenue Lénine, le sachet de frites est froid et ma grand-mère n'est plus sur le meuble à chaussures. Ma mère envoie ma sœur annoncer que nous sommes rentrés. Ils l'ont entendu bien sûr, depuis le bout du couloir, mais l'annonce vaut aussi invitation. Les parents de ma mère occupent la chambre avec balcon. Mon père, ma mère, ma sœur et moi, celle exposée sud. Le sachet froid rassemble tout le monde dans la cuisine. Il est d'accord pour goûter une frite ! dit ma sœur. On s'assoit autour de la table pour accueillir le verdict.

Lentement, mon grand-père saisit un bâtonnet ramolli sur le sommet de la pile, le soulève du bout des doigts et l'observe à la lumière filtrant par le rideau de tulle. Sur la phalange de son annulaire droit, la boule de chair mauve qui couvre l'éclat d'obus contraste avec la frite. En deux poussées, il enfourne le morceau de kartofel dans sa bouche et lentement se met à mâcher, expirant l'air de ses narines par petits coups secs. Éclaireur du goût. La mastication ralentit, la frite désolée vaincue par le dentier de fabrication nationale finit de fondre dans sa bouche. Un coup de langue sur les canines en acrylique et c'est la déglutition finale. Alors ? dit ma sœur. Alors c'est une patate froide, dit mon grand-père. Dans le silence qui suit, ma grand-mère prend appui sur la table avec sa main valide, se lève et sort. Sa jambe gauche, hémiplégique, glisse sur le lino de la cuisine. On entend s'éloigner au fond du couloir le rythme de sa marche syncopée.

19 août 1991. Mon grand-père m'emmène en balade selon l'itinéraire consacré. Après avoir longé l'immeuble voisin, on traverse la route et on arrive au cirque côté entrée des artistes. L'été, la porte reste ouverte et on devine à l'intérieur la silhouette du gardien. Devant la porte il y a deux bancs en bois face à face. Si on a de la chance on peut voir un clown qui fume ou un acrobate. Une fois on a vu un homme avec un chimpanzé. Quand on voit quelqu'un sans costume, on lui invente une fonction. De toute façon s'il est là, c'est qu'il travaille au cirque. C'est un artiste, dit mon grand-père et il laisse la phrase en suspens. Aujourd'hui il n'y a personne et la porte d'entrée est fermée.

On continue jusqu'à la statue de Jawaharlal Nehru assis sur sa chaise, on ne s'y arrête pas, on n'a pas le droit de grimper dessus. Au moment où on la dépasse, mon grand-père raconte à nouveau comment il a croisé l'actrice Galina Polskikh, à cet endroit même. La fois où il emmenait ma sœur au cirque. Elle a regardé mon grand-père et elle lui a souri. Mais lui, il ne l'a pas reconnue et il ne lui a pas souri. *Tu te rends compte ? À Galina Polskikh !* Puis il a fait quelques pas et il a dit à ma sœur Mais ?! C'est Galina Polskikh ! Ils se sont retournés, Galina Polskikh s'est retournée aussi et elle leur a souri à nouveau et cette fois-ci mon grand-père lui a souri à son tour. À ce moment du récit il pousse un soupir de soulagement. Quand la statue est dans notre dos, il répète encore une ou deux fois Et moi qui ne l'avais pas reconnue !

On contourne le cirque pour arriver au théâtre Sats. Un théâtre musical pour enfants. J'y ai vu *L'Oiseau de feu*, *Blanche-Neige*, *Le Loup et les Sept Chevreaux*. J'ai trouvé bizarre que la mère chèvre ne voie pas les chevreaux qui l'appellent. Une fille du premier rang les avait même montrés du doigt.

Ici aussi il y a une entrée des artistes avec des acteurs qui fument en costume mais on n'a pas le droit de s'en approcher. Ma mère les a entendus « jurer comme des cochers ». J'ai demandé des détails, elle a dit que c'était si mauvais que ses oreilles se sont fanées et enroulées sur elles-mêmes en petits tuyaux. Du coup, elle ne peut pas m'en dire plus. Si l'occasion se présente, on observe à bonne distance les princes, lapins et amanites tue-mouches tirer sur leurs cigarettes. Aujourd'hui, ici non plus il n'y a personne. Devant le théâtre : un grand espace vert avec des sculptures et des fontaines que personne n'a jamais vues fonctionner. La plus belle est celle de la femme au dauphin. Mon grand-père s'installe sur le rebord en marbre de son bassin vide et me donne quartier libre. Le périmètre de jeu est défini par une règle simple : tant qu'il me voit, j'ai le droit. Le terrain est plat et dégagé, j'ai une bonne marge de manœuvre. Par entente tacite, je n'approche pas de l'énorme artère routière qui longe le territoire du théâtre. Après avoir escaladé par toutes les faces la statue de la femme au dauphin, je m'éloigne vers la pelouse longée par la route. À mi-chemin, j'entends mon grand-père appeler mon nom avec une voix que je ne lui connais pas. Je m'arrête. Je l'entends de nouveau qui m'appelle. Je me retourne, je vois quelque chose que je n'ai jamais vu : mon grand-père qui court. Ma mère a toujours dit *Papy est vieux* – *Papy ne peut pas courir* – *Papy ne peut pas te soulever*. Une histoire de boule qui peut sortir de son ventre. Une boule de quoi je ne sais pas mais je sais que c'est pas bon. J'en ai conclu que ces actions lui étaient impossibles. Aussi impossibles que le miroir de la Reine dans *Blanche-Neige* ou la plume de *L'Oiseau de feu*. Mais ce jour-là, mon grand-père combine les deux actions. Il court dans ma direction, me soulève par la taille, me plaque sur son épaule et repart aussi vite en direction de la maison. Derrière nous, sur la route, de grosses boîtes kaki avec une sorte de kaléidoscope intégré roulent les unes derrière les autres. Je les regarde s'éloigner. Je pense à la boule qui est en train de sortir.

À la maison, à peine passé la porte, la magie continue. La boule n'est pas sortie. Et personne n'en parle. Mon grand-père dit Il y a des tanks. Et tout le monde répète tanks, tanks, tanks. Personne ne dit que je dois me laver les mains. En temps normal, ma mère désigne de l'index la salle de bains puis mon grand-père demande si j'ai bien mis du savon puis ma grand-mère demande à mon grand-père si *elle s'est bien lavé les mains*. Aujourd'hui, personne ne demande rien. Il y a des tanks sur l'avenue, répète mon grand-père.

À ce moment-là arrive mon père, les bras chargés de chaises rapportées de la datcha. Il entre et dit Je crois qu'ils répètent la parade. À la vue de mon père ma grand-mère se tait, son visage se ferme, elle repart dans sa chambre. Mauvais calcul : tout le monde la suit, c'est là que se trouve le seul poste de télévision. Ils allument l'écran et referment la porte. Je reste seule dans le couloir.

Les jours qui suivent, plus de dessins animés, plus de *Bonne nuit les petits chéris*. À la télévision, du matin au soir et sur toutes les chaînes, on voit des gens qui dansent. J'aimerais que *Les Petits Chéris* reviennent et que ces gens aillent danser ailleurs. Ce ne sont pas des gens, c'est *Le Lac des cygnes*, dit ma mère. Le chant du cygne, dit mon père. Chant ou lac, il passe en boucle. On coupe le son mais on laisse allumé au cas où. De temps en temps la danse disparaît. À la place, on voit apparaître les boîtes kaki au kaléidoscope intégré qui roulaient devant le théâtre et des hommes qui leur grimpent dessus. Ça a l'air encore mieux que la femme au dauphin. À ces moments-là, mon père monte le son et ma mère me fait sortir de la pièce.

Puis un matin, les boîtes kaki et les cygnes ont disparu. Le soir *Les Petits Chéris* reviennent. Ma grand-mère traîne une rage contenue de la chambre à la cuisine. *Tout ça, c'est Lebed ! Parasite ! Traître...* Quand elle me voit, elle s'interrompt. Moi j'aimerais qu'elle continue. Je voudrais savoir quel est le Lebed en question et quel rôle il jouait dans le lac.

C'est l'hiver. Dans la chambre de mes grands-parents quelque chose se trame. Mon père mesure les meubles et les portes avec le mètre ruban de la boîte à couture. Ma mère fait des messes basses dans le couloir avec ma sœur. Elles se taisent quand j'arrive. Quand elles ne chuchotent pas dans le couloir, elles restent dans la chambre avec mes grands-parents. Ils s'enferment de l'intérieur. La porte vitrée est enrideautée d'un tissu marron opaque, le même qui a servi à coudre les housses des fauteuils. Le rideau est accroché côté chambre. Aucune faille dans sa fonction occultante. L'oreille collée au verre, j'entends des bruits de tiroirs, le grincement de l'armoire, du papier journal froissé. Ça bouge, ça s'agite. Ils ressortent pour le petit-déjeuner. Ma grand-mère sort en premier. Elle prépare la kacha puis, quand c'est prêt, elle tape sur le mur. C'est le signal de ralliement pour les autres.

Dans la cuisine, mon grand-père allume le poste radio fixé au mur. On mange la kacha à la semoule et on écoute la voix qui grésille. *Union, crise, Union, crise, sortie de l'Union, sortie de l'Union.* Sortie de l'Union, c'est bien ou c'est mal ? Tout ça c'est Lebed, dit ma grand-mère. Ça grésille encore : *séparation, indépendance, Russie, Russie, Russie.* Mon grand-père hoche la tête de droite à gauche. Il hoche et il mange, sans lever les yeux de sa kacha.

Après le repas ils retournent tous dans la chambre. Je vais attendre la nuit pour faire parler ma grand-mère. La nuit, ma grand-mère ne dort pas. Elle s'assoit sur le meuble à chaussures ou la chaise du couloir et elle attend. Dans le noir. On ne sait pas qui ni quoi. Personne ne lui dit d'aller se coucher. Si j'entends depuis mon lit sa respiration crépitante, c'est qu'elle est sur le meuble à chaussures. Si je n'entends rien, c'est qu'elle est sur la chaise du couloir. Pour la rejoindre, il faut longer à tâtons le lit des parents, contourner celui de ma sœur et ouvrir la porte de la chambre en retenant la poignée.

Dans l'obscurité du couloir, je reconnais la forme blanche. La longue chemise en flanelle appuyée contre le dossier de la chaise ou le miroir de l'entrée. La main gauche déposée par la droite en haut des cuisses. Les pieds nus.

Quand j'appuie sur l'interrupteur elle cligne des yeux, fait des mouvements de tête rapides comme pour chasser de son visage une toile d'araignée. À l'arrière du crâne elle a une rigole dans les cheveux. Une sorte de raie tordue qu'on ne voit jamais le jour.

    Si c'est la nuit, elle me fait signe d'aller dormir. Si c'est l'aurore, on joue aux dominos. Ceux avec les animaux à la place des points noirs. L'hiver elle a du mal à distinguer la nuit de l'aurore alors parfois on joue aussi la nuit. Au son du sommeil des autres et du tschouk-tschak de la pendule murale. Je déverse les dominos par terre, je mélange et je distribue. Ma grand-mère les pose sur le pont suspendu de sa chemise de nuit tendue entre ses jambes. Je mets les miens directement sur le tapis. Pour jouer, elle me tend le rectangle de son choix et je le place au sol. Elle sur la chaise, moi par terre, j'ai le dessous de sa chemise en vis-à-vis. La nuit, elle ne met pas de culotte. Le soir, elle lave celle du jour et la fait sécher sur le conduit d'eau chaude de la salle de bains. Le matin, avant que les autres se réveillent, elle la récupère. Parfois elle oublie. Ça fait rire ma sœur. Elle l'attrape avec une pince à linge et la secoue devant mon nez. Ma mère ne trouve pas ça drôle. En général elle dit quelque chose sur l'héroïsme et les handicapés.

    Le lendemain je me réveille trop tard. La culotte sur le conduit d'eau chaude a disparu. Ma grand-mère est coiffée-poudrée, dans sa chambre.

C'est ma mère qui se charge de l'annonce : Papy et mamie font leurs bagages, ils vont vivre ailleurs, dans un autre appartement. Une histoire de très longue liste d'attente où nous sommes inscrits depuis toujours et sur laquelle notre tour vient enfin d'arriver. Ma mère voit venir le menton plissé. Elle dit Ils seront là pour le nouvel an.

Vingt-quatre heures plus tard le démembrement de l'Union soviétique est acté. Sur le Kremlin le drapeau soviétique est remplacé par le drapeau russe.

Le 26 décembre 1991, l'Union soviétique n'existe plus.

Montreuil. Je regarde la vidéo YouTube *Девочка хочет в Советский Союз*, « Une enfant veut retourner en URSS », datée du 13 mars 2019. À l'image, une petite fille pleure sur un canapé marron. Derrière la caméra, sa mère et sa grande sœur lui demandent la raison de ses larmes. Les commentaires sont désactivés.

— Pourquoi tu pleures ?
— Je veux aller en Union soviétique.
— Et pourquoi ?
— C'est joyeux là-bas. On y est bien.
— Qu'est-ce qu'il y a de bien ?
— Il y a beaucoup de choses bien. Le saucisson y est bon. La glace y est bonne. Là-bas, tout est vrai.

– Qu'est-ce qui y est vrai ?
– Tout y est vrai ! (*On entend une chanson soviétique qui démarre en arrière-fond depuis la télévision.*) Voilà ! Tu vois bien, même la petite chanson y est vraie.
– Et qu'est-ce qui te déplaît ici, maintenant ?
– Rien n'est vrai.
– Mais tu n'as pas vécu cette époque, tu ne sais pas comment c'était.
– Je veux être au temps de là-bas.
– Qu'est-ce que tu en sais de comment c'était là-bas ?
– Les petits vieux nous le disent et nous montrent toutes les choses de là-bas.
– Et alors qu'est-ce qu'on fait ?
– On retourne en Union soviétique !

Pour distinguer les appartements, mes grands-parents les appellent « l'ancien » et « le nouveau ». Pour le nouvel an, ils reviennent dans « l'ancien ».

Dans la cuisine qui n'est plus la sienne, ma grand-mère écoute ma mère composer le menu en fonction de ce qui manque. La salade Olivier semble possible. Mais d'abord, il faut vérifier les stocks de la boîte à NZ. NZ = Néprikosnovenyï Zapas. Réserve Intouchable. Celle des grandes occasions : nouvel an, jour de la Victoire, anniversaires. La boîte à NZ est sous le lit de la chambre avec balcon. Même parti dans « le nouveau », mon grand-père en est encore le gardien et le passeur. Il la fait apparaître, disparaître, modifie son contenu. C'est par ses mains que les denrées transitent.

Une conserve de petits pois et un pot de mayonnaise. On m'envoie porter la requête de la cuisine à la chambre. Une main sur le matelas, l'autre sous le lit, mon grand-père tâte l'obscurité jusqu'à sentir quelque chose. Une fois qu'il sent, il serre et il tire. La boîte à NZ glisse sur le parquet, bute sur le rebord du tapis puis se révèle à la lumière. Mon grand-père s'installe sur le lit, défait les rabats du carton épais et retire la couche de papier journal.

L'inventaire commence. Une boîte de lait concentré réservé au gâteau Napoléon des anniversaires. Des cartons jaunes rectangulaires avec un homme à dos d'éléphant. Une série de boîtes beiges sans signes extérieurs d'appartenance à un groupe alimentaire. Chacune est sous-pesée, inspectée, reposée. Parmi elles, émerge le bocal de mayonnaise. Mon grand-père le pose sur le lit et reprend ses recherches. Les petits pois manquent à l'appel. Passe une boîte large et basse avec une image de poisson et une pyramide de petites boules rouges. Mon grand-père relève la tête pour voir où je suis, dit Celle-là c'est pour ton anniversaire, clin d'œil à travers l'épaisseur des lunettes. La conserve de petits pois surgit en dernier. Mon grand-père me la tend. Elle a l'étiquette qui bâille. En dessous, on voit les bourrelets nus de la boîte métallique. Je repense à la chemise de nuit de ma grand-mère.

La salade Olivier est confirmée. Pour la suite, on mobilise aussi mon père. Quand il arrive, ma grand-mère prend appui sur la table et se lève pour sortir. J'entends *zaraza, iévreï*. On dirait que sa bouche est fermée mais des mots en sortent quand même. *Zaraza* je connais. C'est ce pour quoi il faut se laver les mains. Une sorte de maladie qui se met sur nous sans qu'on le sache. Mais *iévreï* ? Je l'ai déjà entendu mais je ne sais pas ce que ça veut dire. Je crois que ça a un lien avec la mère de mon père. Celle qui s'appelait Polina et qui est morte avant que je naisse. Ma grand-mère prononce le mot *iévreï* sans bouger les lèvres. Si mon grand-père l'entend, il dit le prénom de ma grand-mère aussi fort que si elle était dans une autre pièce. Mais cette fois il est dans la chambre avec balcon et personne ne dit rien. Je me demande si je suis la seule à l'entendre.

Après la boîte à NZ, je pars faire la récolte des réserves en libre accès avec mon père. On suit la liste des ingrédients. Le seau de patates et les cagettes de pommes sur le balcon. Les carottes dans la salle de bains sous la baignoire en fonte, dans une boîte remplie de sable. Mon père dit Faut voir la tête qu'elles ont. Je me mets à plat ventre pour extraire la boîte. On trouve deux énormes carottes en bonne forme. Dans l'entrée, près du meuble à chaussures, il y a les bocaux de cornichons marinés. On rapporte le tout à la cuisine. Les légumes sont pelés, tranchés, plongés dans l'eau bouillante. Ma mère dit Pendant que ça cuit, je vais appeler Nina.

Nina, c'est sa copine. Moi, je l'appelle tiotia Nina. Il y a différentes sortes de tiotias : tiotia Sviéta, tiotia Masha, tiotia Rita, des femmes-adultes qui sont aussi mes tantes, et puis tiotia Nina, qui n'est pas ma tante mais qui est une femme-adulte et de ce fait une tiotia. Comme ma mère et tiotia Nina ont le même âge, et que l'une n'est pas la tante de l'autre, elles s'appellent directement par leurs prénoms. Ensemble, elles font des expériences culinaires. Elles préparent des plats du livre de recettes en se passant des ingrédients qui manquent. À la fin elles décident si le résultat peut encore porter le nom du plat ou pas. Par exemple, pour la charlotte aux pommes, elles ont trouvé qu'en dehors de la farine et de la margarine, on pouvait se passer de tout. Si on n'a pas de pommes, il suffit de l'appeler charlotte tout court. Quand ma mère et tiotia Nina parlent cuisine, le rêve c'est le poulet. La dernière fois que mon père a réussi à en rapporter un, c'était pour la Victoire. On s'est mis à le plumer tous ensemble, puis ma mère a passé la chair blanche et froide au-dessus de la gazinière. Ça sentait les cheveux brûlés jusqu'à la porte d'entrée. Quelques heures plus tard, le poulet entouré de patates était sur la table. Chaud et doré. Le lendemain, tiotia Nina a appelé ma mère pour savoir comment ça s'était passé.

Cette fois c'est une voix d'homme qui répond. C'est diadia Dima. Le mari de tiotia Nina. Il est physicien, il travaille à l'Université dans le même bâtiment que mon père. Lui non plus ce n'est pas mon oncle mais c'est un homme-adulte donc c'est diadia Dima. Tiotia Nina et diadia Dima ont une fille, Sacha, qui a exactement mon âge. Et un fils, Kostia, qui a exactement celui de ma sœur.

Mon père aime bien Dima, ma mère aime bien Nina, moi j'aime bien Sacha, ma sœur n'aime pas beaucoup Kostia. Leur amitié ne prend pas. Quand nous sommes invités chez eux, ma sœur veut toujours rester avec les adultes. Avant, ma mère avait peur que tiotia Nina se vexe alors ma sœur se forçait. Puis l'hiver dernier nos familles sont parties en vacances dans un pensionnat de l'Université. En chambres voisines. Une nuit, alors que mon père dormait, quelque chose l'a réveillé. Dans le noir, il a vu Kostia penché sur lui à quelques centimètres de son visage. Kostia, qu'est-ce que tu fais ? a demandé mon père. Je vous regarde, a dit Kostia. Il s'est levé et il est sorti. Depuis, ma sœur a le droit de rester avec les adultes.

Le soir la salade Olivier et la charlotte aux pommes sont prêtes. On passe à table. Tout le monde est un peu bizarre. Je me demande si c'est à cause de l'URSS, de l'absence de poulet ou du *iévreï*. Ma sœur veut voir le décompte de l'horloge du Kremlin projetée en géant. On allume la TV. Les aiguilles qui avancent, les douze coups et puis l'hymne.

Nouvelle année, nouveau pays. Maintenant on habite en Russie, dit ma sœur. Mes grands-parents sont dans « le nouveau ». Mes parents dorment dans la chambre avec balcon, ma sœur et moi restons dans celle côté sud.

En bas de notre immeuble, à côté du mur de la chaufferie, il y a une fenêtre avec une vendeuse derrière. On doit lui dire ce qu'on veut en fonction de ce qu'il reste. Elle pèse tout sur une grande balance bleue avec une flèche qui oscille. Sur un plateau elle pose ce qu'on achète, sur l'autre elle met des cylindres, quand la flèche du cadran est au centre, elle s'arrête. Ensuite elle fait claquer les perles en bois sur les tiges du boulier et annonce un chiffre. Ma mère tend les papiers carrés qui donnent le droit d'acheter et ensuite les roubles. Sans les papiers carrés, les roubles ne servent à rien.

La plupart du temps on cherche des œufs, de la farine, du lait, du sucre, de la margarine et du papier toilette. Comme tout le monde. Quand il y en a, il y a toujours la queue. C'est un indice d'arrivage. Le matin, ma mère regarde depuis le balcon. S'il y a une file d'attente, on descend. Aujourd'hui elle y va seule. J'ai un atelier au Palais des Pionniers.

Le Palais des Pionniers est un vrai palais avec un parc autour. Sa façade est recouverte d'une longue mosaïque allant du jaune au pourpre. Dessus : un garçon qui souffle dans une trompette, un grand soleil entouré de rayons, des silhouettes assises autour du feu, le profil d'un type au front large et menton pointu que j'ai déjà vu dans le métro et sur des livres. Tout le reste du bâtiment est vitré. À l'intérieur, il fait chaud et humide. Au milieu du hall d'accueil : un jardin tropical avec un bassin et un étroit ponton. Il y a toujours une file d'enfants qui attendent leur tour pour le traverser.

Sacha et moi sommes inscrites à l'atelier de peinture. Aujourd'hui, il y a beaucoup de neige alors mon père nous y amène sur la grande luge. On passe chercher Sacha puis on marche jusqu'au parc. Passé le portail, on s'installe sur les lattes en bois et mon père nous traîne jusqu'au Palais. Sur le chemin il nous raconte les aventures d'un type qui emmène son peuple dans le désert puis le guide vers un pays plein de lait et de miel. Allongée sur la luge, je regarde les branches d'arbres glisser sur le ciel gris et j'imagine un désert de neige.

Montreuil. Message de mon avocate. Elle a reçu le témoignage. Elle valide mais elle dit que ce serait bien de mettre des détails sur la mère de mon père parce que la juge a semblé s'y intéresser.
Les détails, je n'en ai pas tant que ça. Après le rejet de ma demande, mon père m'a dit, comme on tend un lot de consolation, que la mère de Pessah, qui s'appelait Rita, s'appelait en fait Rivka, que le père de Pessah, qui s'appelait Issaï, s'appelait en fait Isaac et que son frère, qui s'appelait Grisha, s'appelait en fait Hirsch. J'ai dit : Mais c'est normal que du côté de ta mère personne ne porte son vrai nom ? Il a souri comme si je parlais à la troisième personne de quelqu'un qui est dans la pièce. Et c'est tout. OK, j'ai dit, donc pour les détails j'appelle ta sœur. Et j'ai appelé sa sœur.

Ma tante. Celle qui est violoniste, la seule tante qu'il me reste. Elle vit au nord de Moscou avec son amour de jeunesse devenu son deuxième mari. Diadia Misha. Un mathématicien végétarien qui ressemble à Dostoïevski mais cite plus volontiers du Zochtchenko ou du Harms. Après un dîner chez eux, il me lit toujours deux ou trois de leurs récits à voix haute.

Quand ma tante décroche, elle dit : J'ai une soupe sur le feu, tu vas m'entendre soulever et remettre le couvercle. On fait un rapide état des lieux de la santé des uns et des autres puis je demande si elle sait pourquoi sa mère a changé de prénom. La tiotia ne s'y attendait pas. Elle préférerait continuer à parler santé. De son mari-qui-dit-qu'il-ne-mange-pas-d'animaux-mais-qui-a-surtout-un-ulcère. Ou de sa fille allergique à la ouate des peupliers noirs. Ou au moins des étudiants qui ne savent plus compter les mesures. La tiotia soupire. Et elle dit :

Comme ça, juste comme ça, elle n'aimait pas comment ça sonnait, Pessah. Elle ne trouvait pas ça joli. C'est tout. Elle a changé ses papiers en 1954 mais aussi loin que je me souvienne elle se faisait appeler Polina. Chez les juifs, il y en a beaucoup qui ont pris des noms russes.

Ma tante a le judaïsme clignotant. Chez elle « le peuple juif » oscille entre le « nous » et le « ils ». Elle est juive sans l'être. On dirait que c'est au cas où. Au cas où quoi je ne sais pas mais si je pose une question sur le « nous », il faut y aller mollo sinon on a vite fait de rater l'embranchement et on se retrouve en plein « ils ».

D'accord, je dis, mais alors pourquoi elle change en 1954, pourquoi pas avant ? *Pour ne pas nous gâcher la vie. Voilà pourquoi.* Et tac, quelque chose s'embranche et elle raconte :

Dans ma classe il y avait une fille qui s'appelait Sima. C'était ma copine. Son père était médecin. Il faisait partie des accusés dans le complot des blouses blanches. Sima ne parlait jamais de son père. Une fois elle m'a chuchoté à l'oreille qu'il était en prison. Elle l'a chuchoté alors que nous marchions dans la rue et qu'il n'y avait personne autour. La mère de Sima avait deux autres enfants. Des petits. Ils manquaient de tout, de vêtements et de nourriture. Ma mère leur apportait ce qu'elle pouvait. Tout le monde savait que c'étaient des juifs mais elle le faisait quand même. Un jour le père de Sima est rentré. Il est rentré pour mourir. Il ne pouvait plus marcher. Il ne pouvait plus manger. Il s'est couché et il ne s'est plus jamais relevé. Trois semaines plus tard, il est mort. À l'école, ce que mes copines disaient des iévreï, des zhidy ça me faisait de la peine. C'était blessant mais il fallait se taire, il fallait tenir. Et j'ai tenu. Que ça se sache – pour ma mère –, qu'on sache qu'elle est juive, c'était ma plus grande peur.

Puis ma tante annonce que la soupe est prête. Elle appelle Misha. Je l'entends répondre au loin que la soupe, il n'en veut pas tout de suite. Ma tante dit : Si tu étais là, je t'en servirais aussi, c'est celle avec le chou mariné, comme tu aimes. Ma tante n'est pas quelqu'un à qui on peut se refuser longtemps quand elle a décidé de vous nourrir. Je le sais. Misha aussi.

Je demande encore si « chez nous » quelqu'un parlait le yiddish. Ma tante laisse échapper un bruit de gorge. Elle croyait cette conversation terminée, qu'on était passées à la soupe. Elle soupire encore mais elle répond à nouveau, comme on accomplit son devoir. *Ma grand-mère le parlait, ma mère le comprenait mais ne le parlait pas et moi ni l'un ni l'autre bien sûr.* Je ne demande pas pourquoi « bien sûr » mais je dis : Pas un mot ? Ma tante cherche un peu, fait remonter le filet du souvenir. *Non, non... à part peut-être « zokhanveille », quelque chose comme ça.* Oui, c'est ça, je me souviens de « zokhanveille ». Ma grand-mère disait ça à mi-voix. C'est un mauvais mot, un juron, je crois. Ça veut dire quoi ? *Je ne sais pas, quelque chose qu'il ne faut pas dire.*

Quand je raccroche, je note ce que ma tante a dit. Je le note parce que sinon quand son judaïsme se remet à clignoter, j'ai l'impression que c'est moi qui l'invente. Ma tante dit qu'il fallait le taire à l'école et qu'elle l'a tu, mais je crois qu'elle le tait encore.

Zokhanveille. Je le cherche sur des forums, j'essaie les traductions en ligne, je l'écris en phonétique, en cyrillique. Je finis par trouver. *Azohen vey.* En yiddish : אז אוך און ווײ. Ce n'est pas une insulte. Ça veut dire : « Hélas. »

Octobre 1993. À Moscou, ma mère fait les valises. Mon père nous attend à l'endroit qui s'appelle la France. On ne peut pas prendre tout ce qu'on veut, il faut choisir ce qu'on laisse et ce qu'on emporte. Ma mère passe en revue et sélectionne selon des critères qu'elle seule connaît. Moi je veux un chat en tissu jadis blanc devenu gris qui s'appelle Tobik. Lui et rien d'autre. Ma mère tranche. C'est non, il est trop gros. Si on a trop de bagages, on devra payer très cher. J'apporte Tobik dans la chambre avec balcon, là où sont les sacs. La TV est allumée en fond mais personne ne la regarde. Les grosses boîtes kaki à kaléidoscope sont réapparues. Maintenant, je sais que ce sont elles les « tanks ». Je suis ma mère dans l'appartement en plaidant la cause de Tobik. Quand le téléphone sonne, ma mère est en train de passer en revue le meuble à chaussures. Elle décroche. Elle ne s'attendait pas à ce que ce soit mon père. Là-bas, le téléphone coûte cher. En parlant avec la France, en quelques minutes on peut faire banqueroute. Je ne sais pas exactement ce que banqueroute veut dire mais je sais que ça implique qu'on va devenir pauvres. Je m'approche du téléphone couleur azur pour écouter. Mon père crie Qu'est-ce qui se passe chez vous ? Est-ce que tout le monde va bien ? Mon père ne crie jamais. Là, c'est à cause des tanks. Visiblement, dans l'endroit qui s'appelle la France, ils les montrent aussi à la TV. Tout le monde est sain et sauf, dit ma mère puis, vite, ils raccrochent.

On continue les préparatifs. Les préparatifs de quoi je n'ai pas compris. Ce que j'ai compris c'est que là où on va, il y a des choses qui sans raison se paient très cher. Ils sont riches, a dit ma sœur. Mais si eux sont riches, ça veut dire que nous, on sera pauvres. J'essaie d'imaginer pauvres à quel point et ça m'inquiète. Je pense à ce que je ferais en situation de pauvreté. Actes héroïques, rencontres magiques, trouvailles merveilleuses. Dans tous mes scénarios, on devient très riches rapidement et toujours grâce à moi.

Le jour du départ arrive. Dans le sac à fermeture éclair, j'essaie une dernière fois d'introduire Tobik. Je le cache. Mais je le cache mal. Exprès. Je laisse dépasser une patte. Je veux l'emmener mais j'ai peur que la famille fasse banqueroute à cause de moi. Je le cache de sorte que ma mère le trouve.

J'espère l'attendrir et obtenir la permission de l'emmener légalement. Échec. Ma mère dépose Tobik sur le vernis noir du piano.

Sur le chemin de l'aéroport j'essaie d'imaginer l'appartement en notre absence. Ça doit être comme une forêt sous la neige, silencieuse, immobile, endormie. Suspendue dans l'attente du printemps de notre retour. Je pense à Tobik resté sur le piano et aussi à mes grands-parents. Ensuite il y a des escalators, des portes vitrées, des couloirs.

Dans une cabine, un uniforme bleu me regarde depuis son comptoir dans un miroir collé au plafond. Ma mère dit C'est la table des passeports. Cette table, moi je ne la vois même pas et ma mère, elle lui arrive à l'épaule. L'uniforme dit Montrez-moi l'enfant. Alors ma mère me soulève. Dans la main de l'uniforme, je vois les carnets rouges. Ceux avec nos photos. L'uniforme fait défiler les pages sous son pouce puis il en choisit une et tamponne. Une fois, deux fois, trois fois. Le bruit de ce tampon, on dirait le premier tour de roues d'un train à vapeur qui démarre. Ensuite il y a encore des couloirs, des haut-parleurs, une sorte de gros boyau, puis on monte dans une boîte et je m'endors.

Quand je me réveille, ma sœur dit *Paris Paris Paris*. Il y a de nouveau des couloirs. Des portes vitrées. Un bus. Derrière une vitre, j'aperçois mon père qui sourit.

Quand on le retrouve, il nous embrasse longtemps. Il faut encore prendre un train. Je me dis que Paris, c'est loin de la France.

Le lendemain matin, je me réveille dans un lit qui prend toute la chambre. Il faut de nouveau s'habiller pour sortir. Dehors, on entend au loin une musique merveilleuse. On se met en route dans sa direction. J'aperçois des immeubles roses, des petits drapeaux, des fontaines avec de l'eau qui sort. Au fur et à mesure qu'on avance, la musique se rapproche. Il y a de plus en plus de monde. Beaucoup d'enfants. Des ballons de baudruche. Une odeur sucrée encore meilleure que celle qu'il y a dans le hall du cirque pendant l'entracte.

On arrive devant des tourniquets verts. Mon père sort des tickets, nous fait passer de l'autre côté de la frontière. Je me dis : Ça y est, c'est la France. Devant moi apparaît le plus beau bâtiment que j'aie jamais vu. Un château rose élevé au sommet d'une colline. Le sommet de la tour du château pointe telle l'étoile de l'Université. En cet instant, je me dis que la France est vraiment sublime. Je n'en reviens pas. Je vais vivre ici. Disneyland, hurle ma sœur.

Je me réveille dans le même lit qui prend toute la chambre que la veille. Il faut à nouveau s'habiller. On ne retourne pas au château, on va prendre des trains. Il se trouve que le parc au château ce n'était pas la France. On peut y revenir mais on ne peut pas y rester. On s'est mises d'accord avec ma mère : quand on arrive dans la vraie France, elle me prévient.

Dans le train, mon père me lit les aventures d'un certain Odysseï. Lui aussi voyage beaucoup. Il a des problèmes avec le père d'un cyclope à qui il a caché son vrai nom et il faut l'attacher quand il croise des sirènes. De temps en temps je m'endors. À chaque fois je me réveille dans un nouveau décor. Puis le train ralentit. Cette fois, c'est la bonne.

La vraie France s'appelle Saint-Étienne.

II

Le chauffeur de taxi lit le papier que lui tend mon père. Depuis le siège arrière, j'aperçois le haut des immeubles, les lampadaires et les panneaux de signalisation. La voiture remonte un boulevard bordé de platanes. Mon père montre du doigt un immeuble droit devant. Ma mère se penche pour mieux le voir. La voiture longe un parc où j'entrevois un toboggan et s'arrête devant un immeuble. Même sortis de la voiture, on n'en voit pas le bout. On dirait un paquebot. Et voilà, nous y sommes, dit mon père.

Dans le hall, on attend l'ascenseur. Quand il arrive, une lumière jaune apparaît dans le hublot de la porte. Au moment de monter dans la cabine, il y a un silence bizarre. Comme s'il se passait quelque chose de grave sans qu'on sache si c'est joyeux ou triste. Un peu comme quand mon grand-père raconte le dernier jour de la guerre. À l'intérieur, ma mère complimente le revêtement imitation marbre de la cabine et ses incrustations scintillantes façon filons d'or. Mon père dit Quand ils déménagent, ils accrochent une bâche. Puis le silence revient. Moi aussi j'aimerais dire quelque chose. Participer. Il faut jouer sur le contraste. Ils sont forts d'être grands, je le serai d'être petite. J'ouvre les yeux, je lève les sourcils, je dis : C'est ici que nous allons habiter ? C'est joli, on pourra quand même mettre un petit banc pour dormir ? Rires, attendrissement, caresse sur les cheveux. La tension retombe. Mission accomplie.

À la sortie de l'ascenseur, il y a deux portes sur le palier : une à gauche, une à droite. Quand on s'approche de celle de gauche, celle de droite s'entrouvre. Un binôme diadia-tiotia apparaît dans l'encadrement de la porte. Ils ont les cheveux blancs et ils sourient. Je ne comprends pas ce qu'ils disent. Mon père leur sourit en retour, il fait des mouvements de bras et de tête, des sons étranges, je me dis que ça doit être de l'anglais. J'apprends l'anglais avec mon père. Une fois par semaine. Pour l'instant je sais chanter *Old MacDonald had a farm* et c'est tout. Au moment où les deux Anglais referment leur porte, mon père parvient à ouvrir la nôtre. On entre.

C'est immense. Très jaune et orange. Ça sent un peu bizarre. Ça me plaît.

Il n'y a presque aucun meuble et quand on parle, ça

résonne. Je demande à ma mère si c'est vide parce qu'on a fait banqueroute. Elle dit que non. Je la crois. Il y a une chambre pour mes parents, une pour ma sœur et moi et encore une très grande près de la porte d'entrée. Partout du lino avec des motifs en losange et ça j'adore.

Ma mère achète un appareil photo jetable. On documente l'installation pour les grands-parents. Photo de la vue de la cuisine. Photo de la vue du salon. En face de notre immeuble, il y a une colline couverte de champs. Un matin, on grimpe jusqu'à sa crête. De là, on voit les vagues de couleur de la façade. Un dégradé du bleu canard au vert marécage. On compte les étages pour trouver nos fenêtres. Il y en a quatorze, nous on est au neuvième. Je pense au jour où j'aurai neuf ans au neuvième étage. Je me dis que ça doit faire une drôle de sensation. On se prend en photo avec l'immeuble en arrière-plan. Quand les tirages arrivent, ma mère compte les étages depuis le sol avec un stylo, sans toucher pour ne pas faire de traces. Au neuvième, elle entoure le salon et la chambre. Au verso elle écrit « nos fenêtres ».

Les deux Anglais de la porte d'en face s'appellent Colette et Maurice. Ils sont à la retraite. Maurice était ouvrier et Colette couturière. Ils ont une voiture et Maurice a proposé à mon père de le conduire à l'endroit qui s'appelle

Ochane-Santr'Dieu. Ma mère y va aussi, avec sac à dos et cabas à roulettes. Ils reviennent avec des sacs qui débordent. À Ochane-Santr'Dieu on peut acheter tout ce qu'on veut, autant qu'on veut.

On mange du poulet midi et soir. Quand on n'en peut plus, on passe aux crevettes surgelées, puis aux avocats et aux bâtonnets de crabe. Dans les placards muraux du couloir qui relie l'entrée aux chambres, deux étagères sont dédiées au stockage de produits non périssables. Ici, pas de boîte à NZ mais des ZR. Zakroma Rodyny. Réserves de la Patrie. En plus des conserves de petits pois, du lait concentré et de la mayonnaise, un étage entier est dédié au stockage de Mars, Snickers et Bounty. Par packs de douze. Ici, pas de passeur, chacun se sert quand il a envie.

Après quelques mois, ma mère reprend la main sur la circulation des denrées. Elle trouve que la masse corporelle familiale augmente à vue d'œil. L'accès aux réserves de la Mère Patrie est soumis au contrôle. Quand un bruit d'emballage plastique est détecté dans le couloir, l'auteur doit se dénoncer. Peu à peu, chacun retrouve sa masse prémigratoire.

Un jour, Maurice et Colette nous invitent. Je dois mettre robe et serre-tête. Ma sœur met sa chemise blanche. Ma mère du parfum. Elle envoie mon père acheter des fleurs au magasin qui s'appelle Kazino. Mon père revient avec un énorme bouquet mauve emballé dans une sorte de chaussette en plastique transparent. Au fond de la chaussette, il y a un pot avec de la terre. Les fleurs sont encore en train de pousser. Des chrysanthèmes, dit ma sœur. C'est très beau.

À l'heure dite, on sort en pantoufles sur le palier. On s'arrête au niveau de l'ascenseur, mon père s'avance et appuie sur la sonnette des Anglais. C'est bizarre d'être en pantoufles alors qu'on n'est ni chez soi, ni chez quelqu'un d'autre. C'est Colette qui nous ouvre. À l'intérieur, c'est splendide. Eux aussi ils ont une chambre où personne ne dort et encore une autre où ils vont juste pour manger. Dedans, une grande table est mise avec une boîte noire posée au milieu.

Mon père me soulève pour que je puisse voir la vue de la fenêtre. C'est la même que chez nous en un peu plus à droite. On voit mieux les grandes pattes du séquoia. Maurice et Colette disent des choses. Mon père comprend un peu. Ce qu'il comprend il nous l'explique. En fait, ce ne sont pas des Anglais mais des Français. Ils font des gestes amples, des sons bizarres et tout le monde sourit sans interruption. Ma mère et Colette se montrent des choses avec les mains et rient à tour de rôle. Ma sœur tourne autour d'elles et sourit plus fort quand ma mère rit. Colette a un panier géant rempli de pelotes de laine avec des aiguilles à tricoter posées sur le dessus. Ma mère les désigne en souriant, dit quelque chose. Puis elle saisit sur le canapé un petit coussin brodé d'un paysage et le montre à Colette.

Colette acquiesce. Ma mère fait des sons enthousiastes et caresse le coussin.

On passe à table. La boîte noire au centre m'intrigue. On dirait un outil de travail de mon grand-père à la datcha. Chez nous, ma mère n'aurait pas autorisé qu'on le pose sur la nappe. Maurice nous le présente. Il commence par distribuer à tout le monde une minipelle et un petit bout de bois. J'adore avoir ma propre minipelle. Je ne sais pas encore à quoi ça sert mais quoi qu'il arrive, j'adore. Ensuite, Maurice dépose un carré jaune mou sur sa minipelle et la fait disparaître dans la boîte noire. Colette en fait autant. Puis mes parents et ma sœur. Moi je ne bouge pas. Maurice montre la boîte noire et dit *Rakléte*. Il met un carré jaune mou sur ma minipelle et la fait disparaître avec les autres dans la boîte noire. J'aime bien Maurice. Quand il respire, ça fait le même crépitement que celui de ma grand-mère.

Le carré jaune, c'est du fromage. Quand il fait des bulles, on met une patate dans son assiette et on le verse dessus. Il faut faire très attention à ne pas toucher la minipelle avec une fourchette. Seulement avec le petit bout de bois. Même si c'est moins pratique. Sinon on raye les minipelles et c'est très grave parce qu'elles font partie de la boîte noire et que c'est précieux. Quand on rentre chez nous, je repense encore à la boîte noire. Rakléte. Je ne suis pas près d'oublier son nom.

Un matin, l'annonce tombe. *Polina, demain tu vas à la materneltchik.* Quand ma mère ajoute *tchik* à la fin d'un mot, c'est qu'elle cherche à le radoucir. Si c'est un mot inconnu ça ne présage rien de bon. J'en ai déjà fait l'expérience à la polyclinique. On me parle d'un oukoltchik dans le paltchik et on me plante une seringue dans le bras. Je n'ai plus confiance. Ma mère m'explique à quel point cette materneltchik est nécessaire. Indispensable même. Sinon je n'apprendrai jamais le français. Qui a dit que je voulais l'apprendre ? Je ne suis même pas tout à fait sûre d'être au clair sur ce que c'est. Il semblerait que si je dis Sava ?, l'autre va comprendre que je demande comment il se porte. Et si je dis Sava ! on comprendra que je vais bien. Je ne sais pas pourquoi. À Moscou, « sava » veut dire « hibou ».

Je ne sais pas pourquoi ici il faut dire « hibou » pour se donner des nouvelles.

Le lendemain, j'arrive avec ma mère devant un immense bloc de béton. Sur le côté, il y a un trou noir. Des adultes entrent à l'intérieur avec des enfants et ressortent seuls. À côté du bloc de béton, il y a un enclos avec des enfants qui hurlent et courent dans tous les sens. J'entre dans le trou noir avec ma mère. À l'intérieur ça sent le parapluie mal séché et la peau de lait bouilli. On monte un escalier, on longe un couloir, on s'arrête devant une porte ouverte. À l'intérieur : une grande salle éblouissante pleine d'enfants. J'attrape la cuisse de ma mère à travers son jean. Je l'attrape et je serre fort. Partout des enfants assis à de petites tables. Partout des enfants et aucun parent. Des orphelins ! je me dis. Dans le coin droit de la salle éblouissante apparaît une immense femme-adulte. Elle s'approche de nous, dit quelque chose à ma mère puis se penche vers moi et me fait signe d'avancer. Tous les orphelins nous regardent. Je fais un pas en avant, je lâche la cuisse de ma mère. Quand je me retourne, elle a disparu. En ce même instant, tous les mots disparaissent.

Plus de mots. Que des sons. La bouche de l'immense femme-adulte en produit de toutes sortes. Elle me montre une chaise vide à une table de quatre. Je vais m'asseoir. Trois orphelins me regardent : un à ma droite et deux en face. Eux aussi produisent des sons avec leurs bouches. À la différence de l'immense femme-adulte, ils chuchotent. Je ne comprends rien à leurs sons. Je ne comprends rien à ce qui se passe dans cette salle. Je baisse les yeux, je fixe un point sur la table beige et je serre les dents. Je n'ai rien à faire là. Je suis désolée qu'ils soient orphelins mais moi j'ai une mère. J'ai une mère et j'ai des mots. Quand elle reviendra, on pourra leur montrer à quoi ça ressemble. Peut-être même qu'on pourra leur en apprendre quelques-uns. D'ici là, je ne vais plus regarder leurs bouches. Je ne vais plus écouter les sons qu'elles font. Je vais attendre ici que ma mère revienne. Qu'elle revienne et qu'avec elle reviennent tous les mots.

C'est une sirène qui interrompt l'attente. Quand elle sonne je sursaute. Je regarde à nouveau les bouches qui m'entourent. Je cherche des indices. Les orphelins ont l'air très excités. Ils se lèvent et sortent de la salle. L'immense femme-adulte s'approche de moi, produit quelques sons puis exerce une légère pression dans mon dos en direction de la porte. J'ai le vague espoir que ma mère soit dans le couloir.

Non. Dans le couloir il y a les orphelins qui préparent une parade. Ils sont collés au mur, en colonne, deux par deux. L'immense femme-adulte prend ma main, passe au premier rang et ouvre la marche. On redescend l'escalier que j'ai monté avec ma mère, on tourne à gauche, on s'enfonce dans un couloir sombre au fond duquel il y a un rectangle de lumière. La lumière se rapproche. C'est une porte. L'immense femme-adulte la pousse et lâche ma main. Nous sommes dans l'enclos.

L'enclos, c'est pire que la salle éblouissante. Ici, hurle un nombre infini de bouches qui forment un seul et même cri. Ça résonne sur le bloc de béton, ça résonne sur l'asphalte. L'immense femme-adulte a disparu.

Je cherche un endroit qui puisse être à la fois abri et poste d'observation. Je le trouve. Le pourtour de l'enclos est bordé d'un grillage. Le long d'un côté pousse une haie de thuyas. Je m'enfonce dans le buisson, là où la haie se fait chauve, et je passe au travers. Compressée entre les alvéoles en fer et les branches, j'ai une vue sur tout le territoire. Je desserre un peu la mâchoire. Je peux anticiper l'arrivée du danger.

Dans mon dos j'entends la voix de ma mère qui appelle. Je me retourne. Elle est là. De l'autre côté du grillage. Sur le chemin par lequel nous sommes arrivées ce matin. C'est donc là qu'elle était ? Mais il fallait le dire. Moi j'attendais dans la salle éblouissante. Je suis restée sur place comme on fait si on se perd à Ochane-Santr'Dieu. J'ai tellement envie de pleurer qu'aucune larme ne sort. Je vois sa parka marron en coton peau de pêche mais je ne peux pas la toucher. Je voudrais me dissoudre dans le tissu duveteux, la fausse fourrure de la capuche. Je peux presque sentir le tissu molletonné sur ma peau. Je passe les bras au travers du grillage, je les tends vers ma mère. Maintenant qu'elle est là, je ne comprends pas pourquoi on ne repart pas tout de suite. Je veux rentrer, je dis. Ça devait être une sorte de Palais des Pionniers, pas un orphelinat pour les sourds-muets. La sirène sonne à nouveau et ma mère disparaît. Je sors des thuyas, j'arrache un bout de feuille au passage. Je le frotte entre le pouce et l'index et je renifle. Ça fait penser à la datcha. J'arrache des poignées, je fais des réserves dans les poches de ma veste. On ne sait pas combien de temps tout ça peut encore durer.

Au-dessus de moi apparaît la silhouette de l'immense femme-adulte, elle exerce à nouveau une pression dans mon dos en direction du bloc de béton. Avant de passer la porte du couloir sombre, j'aperçois tout au fond de l'enclos un garçon accroupi qui fixe le sol. Il gratte la terre avec un bâton et il est seul.

Ce ne sont pas des orphelins. Ce sont des enfants dont les parents jugent bon de les emmener dans le bloc de béton tous les jours. Et ils ne sont pas non plus sourds-muets, ils entendent très bien et ils parlent. Le français. Ma mère m'encourage à leur dire « Salu hibou » et à me rapprocher. Je ne veux pas y retourner. Je supplie. Je négocie. Je menace. Je pleure. Mais le lendemain : bloc de béton, trou noir, odeur de peau de lait bouilli, salle éblouissante.

La sirène est le son le plus fiable de la zone. Le seul qui a des conséquences prévisibles et stables. Si la sirène retentit quand on est dans la salle éblouissante, on se lève et on descend dans l'enclos. Si on l'entend dans l'enclos, on remonte dans la salle éblouissante. Pas d'exceptions.

Sirène / enclos / sirène / salle éblouissante / sirène / enclos. Et ainsi de suite.

Maintenant, à l'heure de l'enclos, je me dirige directement vers les thuyas. Cette lisière est mon domaine. De là, j'observe le garçon qui gratte la terre près du portail. Toujours seul. Une fois, j'ai vu quelqu'un le pousser, il n'a rien dit. Il a ramassé son bâton, il s'est accroupi et il s'est remis à gratter la terre. Comme il est maigre et petit, je me dis qu'il est peut-être pauvre ou malade. Derrière la haie de thuyas, je ramasse des bâtons et je me rapproche chaque jour un peu plus du portail. Je suis sûre que le garçon m'a repérée. J'ai bien vu que lui aussi surveille les environs, même quand il gratte le sol.

Un matin, je prends un bâton, je sors des thuyas et je vais gratter la terre près du portail. Je me décale lentement jusqu'à ce que je voie les mains du garçon sans avoir à lever la tête. On gratte côte à côte, sans se regarder. En silence. De temps en temps, je jette un œil à sa bouche. Elle me plaît beaucoup plus que celles qui n'arrêtent pas de faire des sons. Il me semble qu'avec lui on peut se comprendre. J'ai envie d'essayer. Je lève les yeux et d'abord à mi-voix puis de plus en plus fort, je lui parle. Je parle des bâtons que j'ai amassés derrière les thuyas. S'il veut, on pourrait aller les chercher ensemble. Le petit garçon relève la tête, il me regarde. Pendant un instant je me dis qu'il a compris. Il ouvre la bouche. Ça fait de drôles de sons. Il répète plusieurs fois les mêmes. J'écoute et il me semble que j'entends quelque chose. *F-f-f-f-filip.* *F-f-f-f-filip.* Philippe. Il s'appelle Philippe. Et il est bègue.

Le soir, je raconte ma rencontre dans l'enclos. Soulagement, félicitations, réjouissances. Philippe est aussitôt validé, adopté, et rebaptisé Philiptchik. Ma mère dit Il faut que je l'écrive aux grands-parents. Une lettre qu'elle écrit un peu tous les jours.

Dans l'enclos je ne vais plus derrière les thuyas, je rejoins directement Philiptchik. Dans le flot de sons qui sortent de sa bouche, il arrive que quelque chose surnage. Alors il faut attraper et tirer jusqu'à la rive, mettre en lieu sûr puis en pratique. « Tian », il tend quelque chose. « Vian », il se déplace. « Tian », « vian ». Je l'imite et je vois ce qui se passe. J'analyse, j'expérimente. Travail de terrain.

Si le son marche, il devient mot. S'il ne marche pas, je le relâche dans le fleuve. Un son qui marche c'est un son qui produit quelque chose. Un son qui ne marche pas équivaut au silence. Tu fais le son mais l'autre fait comme si tu n'avais rien dit. C'est ce qui s'est passé pour le « Salu hibou » de ma mère. Salu hibou ? Je regarde Philiptchik : pas de réaction. Splash ! Dans le fleuve.

Grâce aux bégaiements de Philiptchik, le cri collectif se fissure. Peu à peu se dessine une géographie de l'enclos.

C'est un triangle composé d'une base, d'un centre et d'une pointe. La base s'appuie sur le bloc de béton, la pointe se situe au niveau du portail. La base est la partie la plus large du triangle. On y trouve surtout des cris d'individus mâles et des activités de type jeu de ballon, jeu du loup, bagarre et exhibition des parties génitales. La base domine la partie centrale du triangle. La partie centrale est plus resserrée, on y trouve majoritairement des cris d'individus femelles et des activités telles que la marelle, le saut à l'élastique et une étrange déambulation groupée accompagnée d'une litanie monotone. Cette partie centrale est dominée par la base mais domine à son tour la pointe du triangle. Dans l'angle le plus éloigné du bloc de béton, dans la pointe étriquée et silencieuse du triangle, se trouve le lumpenprolétariat de l'enclos : Philippe et moi. Le bègue et la Russe.

À l'intérieur de ce triangle, la circulation se fait de la base vers le centre ou du centre vers la pointe, et traduit généralement un objectif de conquête : je viens sur tes terres pour te dominer.

Les femmes-adultes, elles, dominent tout le monde. Elles circulent dans les deux sens. Les unes à côté des autres, elles forment une rangée qui se déplace de la base du triangle aux prémices de sa pointe. Jamais elles ne poussent jusqu'à son extrémité. Sinon leur rangée se brise. À la frontière de la pointe, elles font demi-tour sans s'arrêter, comme le nageur que j'ai vu dans un couloir de la piscine. Elles parlent et elles balaient l'enclos d'un œil vide. Elles surveillent ce qu'elles voient. Ceux qui veulent leur échapper attendent simplement qu'elles se retournent.

Dans la salle éblouissante, les choses empirent de jour en jour. À l'instant où la sirène retentit, je ferme la bouche jusqu'à ce que ma mère arrive. Deux de mes voisins de table ont fini par comprendre qu'ils avaient carte blanche. Quoi qu'ils fassent, quoi qu'ils me fassent, je ne pourrai jamais faire usage de sons à leur encontre. L'immense femme-adulte ne me sera d'aucun secours. Impunité totale.
L'immense femme-adulte informe ma mère de mon mutisme. On me parle encore et encore de la langue qu'il me manque. La langue du français. C'est pour elle que je dois y aller. Je dois retourner à la materneltchik pour qu'elle me pousse. Tu la chanteras comme un oiseau, tu verras. Tchik-tchirik, fait le moineau.

Mais j'ai déjà une langue. Qu'est-ce qui lui arrivera ? Tchik-tchik, font les ciseaux.

Je pense aux queues des lézards que j'attrape à la datcha. Si on les touche, elles se détachent. On voit le moignon rose et les chairs à vif. La queue s'agite encore un peu puis c'est fini. C'est une queue morte. On enferme le lézard dans le terrarium. Quelques jours plus tard une nouvelle queue lui pousse. C'est pour ça qu'il faut aller à la materneltchik.

Un soir, dans la chambre que je partage avec ma sœur, je me colle contre le mur chaud qui longe mon lit. De l'autre côté de la paroi, il y a le four de la cuisine. Après le dîner, on sent encore la chaleur passer au travers. Collée contre le mur, je m'endors en priant pour que la materneltchik cesse son existence.

Quand je me réveille, le mur est froid, j'ai une sensation étrange dans la bouche. Ça me gratte. La langue, la gorge, le palais. Ça me démange, comme la croûte du genou écorché. J'ai la bouche astringente. Ça vient d'en bas, de l'intérieur de la gorge. Une envie de la gratter au-dedans. Dans un dessin animé qui se passe dans la jungle, j'ai vu un ours gris et gros se gratter avec un palmier. C'est ça que je voudrais faire. Je tousse un peu, je grogne. Je pousse quelques sons aspirés, gutturaux. Quelque chose se passe. Ça fait du bien. Ça soulage. C'est un trop-plein de russe resté coincé pendant la materneltchik ou bien c'est le français qui s'installe et se met à l'expulser ? Ma sœur se réveille, se relève d'un coup. *Qu'est-ce que tu as ? Qu'est-ce qui t'arrive ? Pourquoi tu respires comme ça ?* J'ai la langue qui me gratte.

C'est l'hiver. Philiptchik a une cagoule bleue et moi un bonnet-écharpe-deux-en-un-violet-bordé-de-fausse-fourrure. Le fond de l'enclos est couvert de samares. On sort les graines des hélices puis on les roule entre les doigts. Ça colle un peu et ça sent la sève. Ça me rappelle les érables du Palais des Pionniers. Ensuite on fait tourner les hélices entre nos doigts avec des bruits d'hélicoptère.

Pendant qu'on joue, je garde un œil sur notre territoire. Je monte la garde contre l'envahisseur, le maraudeur, le pillard. Celui qui pousse et tire les cheveux, celui qui frappe et griffe le visage. Celui qui arrache les bâtons, celui qui déploie les rubans de mots qui font pleurer Philiptchik. Quand un individu de la base ou du centre s'approche de la pointe du triangle, je me redresse et j'analyse. Mâle ou

femelle. Degré de dépassement des frontières. Intentions. Expression faciale.
Polina le caca.
Polina le caca.
Si. J'ai bien entendu. Le découpage du son est clair. Polina. Le. Caca. Si on enlève « le » ça donne « Polina caca ». C'est bien ce qu'il me semblait. Elle vient de me traiter de kakashka.
Polina le caca.
Je la reconnais. C'est ma voisine de table. Philiptchik se fige. Maintenant c'est lui qu'elle regarde en déroulant son ruban de sons. Ça m'a tout l'air d'un mauvais ruban. Tant pis pour elle. Coup de pied au sol. Coup de pied au sol. J'ai vu un poney faire ça. Tout le monde avait eu peur. Coup de pied au sol. Série de petits pas. Elle recule. Cette fois-ci, la parade a suffi à faire le travail.

La semaine suivante, j'ai compris ce qu'il fallait faire si la parade ne suffisait pas. Je l'ai compris quand nous étions en colonne, deux par deux. La sirène s'était arrêtée depuis longtemps. On allait remonter dans la salle éblouissante mais il y avait du retard. Ça bouchonnait dans l'escalier. Devant moi, mes deux voisins de table se sont retournés. Lui m'a poussé, elle m'a attrapé les cheveux. La tête penchée par la traction du cuir chevelu j'ai soulevé le pied droit. Je l'ai soulevé et j'ai frappé le sol. Plusieurs fois. Mais cette fois le poney n'a pas suffi. Un poney ça ne survit pas dans la jungle. J'ai senti mes cheveux s'arracher, la main de la fille qui cherchait mon oreille, la douleur au passage de ses ongles. Alors j'ai ouvert la bouche. Là où il y avait mon oreille, il y avait maintenant ma bouche, grande ouverte. Je l'ai jetée sur la peau lait bouilli de la fille, j'ai enfoncé mes canines dans sa chair. Bye-bye le poney. Je suis un ratel. Je vais te bouffer, toi et ton copain hyène. La fille a hurlé, lâché prise. Perle vermeille sur peau lait bouilli. Le voisin a regardé sans rien dire. La fille a encore émis quelques sons. Rien compris. De toute façon ça pulsait trop fort dans mon oreille. Ensuite, ils se sont retournés. Ils se sont remis à leur place dans la colonne. Ça a marché. Ça marche.

Depuis ce jour, la voisine lait bouilli se méfie. Elle a raison. Tu me touches, je te perfore. Je fais tourner le lait en sang. Maintenant que je sais de quoi ma bouche est capable, plus besoin de la fermer.

Dans les flots de sons alentour, je commence à distinguer des îlots de sens. Je leur grimpe dessus, j'essaie d'assécher leur pourtour. Quand parmi eux je reconnais des sons changés en mots par Philiptchik, je les accueille tels des amis chers. Tian. Vian. Tous les moyens sont bons pour transformer la crème en beurre. Ce que je ne comprends pas, je l'imagine.

C'est l'été. On rentre à Moscou pour les vacances. Il faut transporter les grands-parents à la datcha, dit ma mère, on va prendre l'avion dans un aéroport qui a le même nom que l'auteur du *Petit Prince*. Ça doit être un aéroport pour enfants.

Moscou. Quand on arrive devant la porte, au lieu de sortir les clés, ma mère appuie sur la sonnette. Trois fois. De l'autre côté, ça s'active, bruit de chaînette, le verrou tourne, mes grands-parents apparaissent. *Les voilà les voilà.* Smicks smacks en cascade. Ils sont de retour dans « l'ancien ». Ils dorment à nouveau dans la chambre avec balcon. Ils sont mieux ici, dit ma mère. L'appartement communautaire est de retour.

Mon grand-père m'emmène en balade. Cette fois, pas de cirque. On va vers le terrain vague des tussilages puis au square aux écureuils. On prend des noisettes au cas où. Au retour, mon grand-père s'arrête devant le dernier banc du square. Il dit :

Viens, viens t'asseoir une minute. Alors ? Qu'est-ce qu'ils

disent papa et maman, vous revenez bientôt ? Ça te plaît, toi, la France ? C'est pas chez toi quand même, qu'est-ce qu'ils vous disent à l'école, qu'ils ont gagné la guerre ? Vingt-cinq millions de morts. Tu sais combien c'est vingt-cinq millions ? Nous on en a eu vingt-cinq millions et eux cinq cent mille, sans l'Armée rouge ils n'auraient jamais pu... Tu les vois les lilas ? Ils ont des lilas comme ça là-bas ? Ah tu vois, tu vois, bon, mais ils ont des gens bien quand même, Yves Montand, ça va, il est pas mal, ça ne vaut pas Léonid Outiossov mais... tu connais Léonid Outiossov ?

On rentre écouter Léonid Outiossov.

Pour transporter tout le monde à la datcha, mon père a loué un bus entier. *Il n'y avait rien d'autre.* Pendant qu'on s'installe, il s'occupe de charger les cartons, matelas, valises, pots de fleurs, semis, cagettes. Il termine par les bocaux vides qui seront pleins au retour. On décharge le tout à la datcha puis mon père repart à Moscou pour rendre le bus. Le lendemain il revient par ses propres moyens, autrement dit en train de banlieue : elektrichka.

La datcha c'est un repos actif, dit mon grand-père. Ça va être un vrai jardin d'Éden, dit ma mère. Les outils sont prêts. Tout le monde se met au travail. Faux, pelle, fourche, hache, râteau, binette, serfouette, sarcloir, pioche, tapor, kassa,

kassi kassa paka rassa,

lapàta, víly, tiápka, triápka,

védrò, savok, lopátka, griádka,
siékátor, skaméïka, parnik, séména,
oudobrénié.

Ensuite c'est bania pour tout le monde. Pour avoir de l'eau chaude, il faut faire marcher le poêle à bois. Mon père prépare les bûches, j'amasse petit bois et brindilles de thuya. On met le tout dans la bouche du poêle. Une boule de papier journal à la base, tshirk l'allumette et on referme la porte en fonte. On m'envoie chercher dans la maison le tisonnier et la vieille manique sacrifiée. Bientôt la porte sera brûlante et laissera s'échapper cendres et escarbilles. Sur le toit de la bania, la fumée sort par la cheminée à chapeau.

On se lave les uns après les autres. Quand c'est le tour de mon père, tout le monde est déjà en train de sécher. J'entends dans le jardin un éclat de voix. Mes grands-parents sont au milieu du chemin qui relie la maison à la bania. Ils crient à voix basse. Ils crichotent. Des phrases s'échappent de ma grand-mère, s'élèvent au-dessus des pommiers. *Parce que c'est un iévreï!*

La porte de la bania couine, s'ouvre et libère une vapeur de savon au goudron. Mon père apparaît torse nu, serviette sur l'épaule. On dirait Poséidon. À cette image, dans un contraste saisissant entre l'intensité du mouvement et son manque d'amplitude, ma grand-mère fait demi-tour vers la maison. Rage et paralysie s'affrontent en elle. Je repense à la chenille dodue qui se bat avec ses pattes dans le dessin animé que j'ai vu chez Maurice et Colette. *Alice au pays des merveilles.* Je crois avoir une bonne idée de qui est le iévreï maintenant. Je regarde mon père et je cherche un indice. Un signe distinctif. Quelque chose qui me dirait comment ma grand-mère le sait. Ma grand-mère sait faire quelque chose que je ne sais pas. Reconnaître un iévreï. À quoi ? Si mon père est un iévreï sans que je le sache, je le suis peut-être aussi à mon insu.

Le lendemain, mon père a fini de biner la terre, il retourne à Moscou pour les séminaires d'été. Ma mère repart avec lui. Elle fait des allers-retours entre le jardin d'Éden et l'Université. Moi je reste à la datcha avec mes grands-parents et ma sœur.

Derrière la palissade, un groupe d'enfants joue du matin au soir sur les deux chemins qui longent notre terrain. Je les observe, je comprends ce qu'ils disent, c'est très séduisant. Ils ont l'air d'avoir mon âge, il y a même des petits. Un jour ils me remarquent. *On joue aux Kazakhs et aux brigands, tu veux venir ?*

Sur le portillon en bois de la datcha brille le cadenas d'acier. Tous les soirs, mes grands-parents l'accrochent. Si personne ne sort, le cadenas reste accroché jour et nuit. Bien sûr que je veux venir. Je vais porter ma requête dans la chambre des grands-parents. Je voudrais aller derrière la palissade, « za zabor », et pour ça j'ai besoin qu'on m'ouvre. *Za zabor ? Mais pour quoi faire ?* Pour jouer aux Kazakhs et aux brigands avec les enfants qui m'invitent. C'est non, ils trouvent ça dangereux. Mais surtout, est-ce que je leur ai dit. Est-ce que je leur ai dit quoi ? Que j'habite en France. Non, je ne l'ai pas dit. Il ne faut pas le dire. Attention. Surtout pas. Surtout surtout pas. Si on le dit, surgit Kidnapping. Kidnapping c'est un mot grave. Un mot très très grave. Un mot grave et dangereux. Pas un Kidnappingtchik. Si quelqu'un apprend que j'habite à Saint-Étienne, Kidnapping viendra directement chez nous. En ouvrant la bouche je lui ouvrirai le portail. J'inviterai Kidnapping chez les miens. Il entrera par la porte, montera sur la véranda et une fois parmi nous, on ne peut pas prévoir qui Kidnapping prendra. Peut-être moi, peut-être ma sœur ou ma mère ou très probablement mes grands-parents. Kidnapping se sert au hasard. Sans prévenir. Fioup. Il prend et il disparaît. Volatilisé avec un ou plusieurs membres de la famille. Après, Kidnapping demande une somme d'argent énorme en dollars et tout le monde pleure parce qu'on ne l'a pas. Et puis il arrive d'autres choses encore plus terribles. Tellement terribles qu'on ne peut pas les nommer. On ne revoit jamais ceux qui se sont fait fioup par Kidnapping. Si je parle de Saint-Étienne, autant faire mes adieux à ma famille tout de suite. Bizarrement, mon père ne semble pas menacé par Kidnapping. Soit il est chargé d'amasser la somme énorme en dollars, soit il n'est pas mentionné du tout. C'est peut-être une immunité liée à sa qualité de iévreï.

Le cadenas en acier brillant reste en place. Je ne parle plus aux enfants de l'autre côté de la clôture. J'ai peur de faire entrer Kidnapping malgré moi. J'y pense matin et soir. Il prend la forme d'un mixte entre le Chat botté au visage flou et le Karabas-Barabas de *Bouratino*. Il a un sac en toile de jute énorme, il saisit mes grands-parents entre le pouce et le majeur, ils crient, ils appellent à l'aide, ce sont des Lilliputiens. Le Chat botté-Karabas entrouvre son sac et les jette dedans. Ils disparaissent dans l'immensité de sa toile de jute.

Le lendemain matin, je tourne autour de ma grand-mère. *Qu'est-ce qu'il y a, Véra ?* À chaque fois je la reprends. À chaque fois elle recommence. On dirait l'histoire du pope qui avait un chien.

> Un pope avait un chien qu'il aimait,
> le chien a mangé un bout de viande,
> le pope l'a tué,
> le pope l'a enterré,
> et sur sa tombe il a marqué :
> Un pope avait un chien qu'il aimait,
> le chien a mangé un bout de viande…

Pourquoi elle m'appelle par le prénom de ma sœur ? Ceux des autres elle les connaît, le mien non. Si mon grand-père est là, il la reprend à voix basse puis il me dit Il ne faut pas lui en vouloir, c'est sa maladie. D'accord, je dis et je lui en veux quand même. Pourquoi c'est mon prénom à moi qu'elle oublie ?

Parfois, quand nous sommes seules, je me venge. J'attends qu'elle m'appelle puis je dis Je-ne-suis-pas-Véra et je me tais. Nouuu Véra, implore ma grand-mère, puis gigote sur sa chaise, ia zabyvaiou, j'oublie. Je ne bouge pas. J'attends, impassible, qu'elle tâtonne sa mémoire à la recherche des sons qui me désignent. Je veux voir la preuve de sa bonne foi par l'effort.

Je suis le méchant du western qui regarde le gentil pieds et poings liés essayer d'extraire une main de son cordage. Je suis le méchant qui roule lentement une cigarette, avale une bouffée et boit dans sa gourde pendant que le gentil au sol meurt de soif en plein cagnard. Le méchant boit goulûment puis fait haaaa et s'essuie la bouche avec sa manche pendant que les lèvres craquelées du gentil font un mouvement de déglutition dans le vide. Le méchant sait qu'il est méchant mais il en a marre. Si le gentil est si gentil, il n'a qu'à faire un effort. La caméra remonte le long du corps du méchant jusqu'à ses yeux plissés de colère. Regard du méchant sur le gentil. Cut. Regard du gentil sur le méchant. Cut. Regard méchant avec mouvement de mâchoire. Cut. Regard gentil la tempe couverte de poussière. Cut. Gentil / méchant / gentil / méchant. Le gentil a un visage d'enfant ridé qui va se mettre à pleurer d'un instant à l'autre parce qu'il perd à Ni oui ni non. Allez, c'est bon là. Polina, je dis. Po-li-na, c'est pas compliqué. Cri de joie de ma grand-mère qui sonne le glas de ma vengeance. Elle répète Polina ! Polina ! Coupez. Aussitôt la colère du méchant disparaît. Le gentil se relève. On passe à autre chose.

Pour tous les autres mots, on ne sait jamais quand le trou arrive. D'un coup, la phrase s'interrompt, s'arrête au bord. Pas moyen de prévoir le précipice. Parfois un dernier son sort et meurt aussitôt, caillou qui tombe dans le vide. Alors ma grand-mère prend de l'élan, répète les derniers mots qu'elle vient de dire comme on essaie de faire venir la suite d'une récitation. Une fois, deux fois, trois fois. Elle remue les lèvres, lève les yeux, grogne. On dirait qu'elle appâte un fuyard qui est là, tout près, qui lui chatouille l'intérieur de la bouche, se cache derrière une corde vocale. Elle essaie de l'attirer comme la renarde convainc Kolobok de monter sur sa langue. Mais au dernier moment, slioup ! il se dérobe et roule dans un recoin de son corps. Alors la frustration fait monter un autre son, guttural, une sorte de râle qui sert d'appel à l'aide et avec lequel s'agite l'index de sa main valide. L'index dit : Par là, il est parti par là, rattrape-le, toi qui cours vite.

La chasse au mot est ouverte. Je me fais lévrier de sa langue. On établit rapidement un périmètre thématique d'après le contexte puis on resserre l'étau. C'est dans la maison ? C'est dans la pièce ? Ça se boit ? Ça se mange ? C'est au magasin ? Au premier indice, tac, je lève le gibier. Cherche, rapporte, relâche, cherche, rapporte, relâche, cherche, rapporte, relâche, jusqu'à trouver le bon.

Parfois il faut renoncer à trouver le mot d'un coup et prendre le temps de le faire sortir. Pas besoin de TV à la datcha. Ma grand-mère est un *Polé Chudés* à elle toute seule. Une *Roue de la fortune* mais sans les cadeaux. On fait deux équipes : ma grand-mère et moi *vs* sa mémoire. Si ma sœur et mon grand-père s'y mettent aussi on peut monter jusqu'à cinq joueurs. Au-delà il faut éviter parce que ça la stresse.

Mon grand-père excelle à la chasse au mot. Moi je suis meilleure à l'accouchement par syllabes. Je me fais sage-femme de sa bouche. Avec ma grand-mère, c'est comme au pendu, il vaut mieux d'abord passer en revue les voyelles. C'est statistique. On commence par le A. Ba. Da. Fa. Ta. Ra. Si la tête passe, tout passe. Ca. Na. La. Pa. Ga. Ga ! Ga-mak ! Gamak ! Ma grand-mère expulse le mot puis le répète plusieurs fois de suite comme on annonce dans les films C'est une fille ! C'est une fille ! C'est le premier cri de la phrase qui repart. Quand l'expulsion est particulièrement éprouvante, elle ne le dit qu'une fois puis se balance un peu d'avant en arrière sur des Oï ! à répétition.

Cette fois c'est différent. Elle a sorti le mot il y a longtemps, c'est le contenu qui me manque. J'ai envie de savoir mais je n'ai pas envie de demander. Qu'est-ce qu'il y a, Véra ? Je passe sur le prénom, je commence le tâtonnement expérimental. Je m'approche : Mamie, je suis iévreï. Quelque chose contracte son visage, la traverse et ressort par un cri. Véra, tu es russe ! Bingo. Donc déjà iévreï, ça veut dire « pas russe ». Donc mon père n'est pas russe. Mais s'il n'est pas russe, il est quoi ? J'entends les pas de la vraie Véra qui se rapprochent. En général, ma sœur distingue à l'oreille si ma grand-mère appelle « Véra Véra » ou « Véra pas Véra ». Mais là il y a eu cri donc vérification sur place. Qu'est-ce qui se passe ici ? Elle me regarde. Je suis une iévreï, je dis. Véra ! crie ma grand-mère. Celui-là c'est un « Véra pas Véra ». Je vois, dit « Véra Véra », alors déjà on dit iévreï pour un homme, iévreïka pour une femme et toi, t'es baptisée orthodoxe. C'est Pelagueïa ton nom d'église.

Puis ma sœur sort du frigo la coupelle blanche en métal émaillé avec les minikakashki. Masterpiece de ma grand-mère. Elle en fait souvent parce qu'elle sait que je les aime. Ma sœur en prend deux, pose la coupelle sur la table et repart. On se regarde en silence avec ma grand-mère.

Pour nous réconcilier, nous aussi on mange des kakashki. On fait passer avec du kéfir. Kakashki. Dans le livre de recettes, elles sont pudiquement appelées shyshki ou kartoshki. Mais elles ne ressemblent ni à des pommes de pin ni à des patates. Elles ressemblent à des kakashki. De parfaits petits étrons de chapelure de biscuit et cacao bien moulés au lait concentré.

Le soir, je repense à Pelagueïa. Oui, vaguement je m'en souviens. Une grosse voix qui parle en chantant non-stop. Une barbe. Une coupelle géante dans laquelle on me trempe la tête, ou bien je me trompe, on me trempe entièrement. Une cuillère mordorée avec un liquide noir et amer. Et c'est pour ça que je ne suis pas une iévreïka ? Je demanderais bien des précisions à ma mère mais elle est restée à Moscou. Elle fait des examens à la polyclinique.

Au sommet du pommier qui pousse entre le saráï et l'oumyválnik – entre la remise et le lavabo extérieur –, on peut voir le plus bel endroit que j'ai vu de ma vie. Je l'ai vu le jour où j'ai grimpé pour la première fois sur la plus haute branche. Celle où il faut lâcher les mains et tenir en équilibre. Dos au tronc on voit à vol d'oiseau : les toits des maisons, le ciel sur une ligne de cimes. J'ai fixé la ligne et le ciel jusqu'à ce que le bleu me suce les yeux. Je voudrais y aller mais je ne sais pas comment cet endroit s'appelle. Un endroit pareil, ça a forcément un nom. Je demande à mon grand-père, il dit C'est l'horizon. Горизонт. Garizónt. Avant d'aller me coucher, dos au tronc, je retourne le voir. Le soir, les cimes se détachent sur un ourlet de ciel rouge.

À la fin de l'été, mon père vient nous ramener à Moscou. J'ai vu l'horizon, je dis. Où ça ? demande mon père.

Je ne savais pas qu'il y en avait ailleurs que sur le pommier.

Saint-Étienne. Plus de materneltchik. Maintenant c'est l'école. Je change de femme-adulte. La nouvelle est moins immense et sa salle du fond du couloir n'éblouit pas autant. Sa méthode pédagogique : les chansons.

Tout le monde en cercle. Main moite dans main moite. Rotation dans le sens des aiguilles d'une montre. On plante les choux. Aller, retour. Aller, retour. On ne fait que ça. On plante. On plante. Avec toutes les parties du corps. On plante puis on se demande si on a bien planté. À la bonne mode. En ce qui me concerne, ça se passe mal. Les modes changent trop vite, je n'arrive pas à suivre. Jusqu'*à la mode, à la mode* ça va. Mais à partir d'*on les plante avec* je panique. Je ne sais pas quelle partie du corps arrive et je ne sais pas comment ça s'appelle. Je finis par tout planter pareil. Avec le pied. Ça me semble cohérent avec l'idée d'une pelle. Ça me permet aussi de tourner sans lâcher les mains moites des autres. J'ai peur de rester sur le bas-côté. Je tourne comme ça en espérant que ça passe. J'espère que ça passe mais ça passe pas. Les autres se foutent de ma gueule. De temps en temps mes voisins arrachent leur main à la mienne. Dès qu'ils ont fini de planter, tac, je la rattrape. Je tiens bon. Le pied finira bien par être à la mode. Je tourne, je tourne et je me demande pourquoi. Pourquoi ces gens plantent des choux avec leurs coudes, leurs nez, leurs doigts. Qui fait ça. Dans quel but.

Après les choux, on s'assoit. Toujours en rond. Toujours main moite dans main moite. Il faut s'asseoir, se taire et écouter. La femme-adulte-moins-immense a bien vu que la mode de chez nous c'était pas tellement la mienne. Elle me fait des sourires pédagogiques. Elle dit à tout le cercle de mains moites : *Écoutéssavian de chez Polina.* Quoi ? Elle veut quoi ? C'est quoi de chez Polina ? Elle se tourne, attrape quelque chose et le pose sur le sol. Un poste cassette. Play.

Pétrouchka ne pleure pas
Antravitadalaronde
Fé danser ténateublod !
Ton petit chat reuviadra
Isséfépolichinel
Danléchemisadantel
deto grand papa

C'est quoi de chez Polina ? Le persil ? Oui, pétrouchka on en plante à la datcha, plate-bande des herbes, entre l'aneth et la coriandre. Comment elle le sait ? C'est ma mère qui lui a dit ?

Petrouchka ne pleure pas

Je voudrais que ça s'arrête. Cette histoire de persil. Je voudrais que ça cesse mais ça ne cesse pas.

Petrouchka ne pleure pas

Je commence à avoir envie de pleurer.

Petrouchka ne pleure pas

Enfin la voix la boucle. Dernières notes de musique et ça s'arrête. J'ai l'impression qu'on vient d'insulter toute ma famille. Pleure pas et danse pendant que je t'appelle persil, que je dis des trucs sur ton père et sur le chat que tu as perdu.
Je regarde le cercle de mains moites. J'essaie de deviner à leurs visages s'il faut laver l'honneur et réagir. Ils sont amorphes. J'en déduis qu'on peut en rester là pour cette fois.

Ma mère doit refaire des examens. *Trente-huit ans c'est jeune*, dit le médecin. Jeune pour quoi ? Le mot est tu. Elle se met à disparaître. Où ? À l'Opitalnor, dit mon père. *Opital ça veut dire bal'nitsa*, dit ma mère quand on va la voir, *ça se prononce avec un* a *mais ça s'écrit avec un* o. *Dans bol'nitsa il y a bol'*. Ça veut dire douleur.

Il ne faut pas le dire aux grands-parents, d'accord ? Dire quoi. Je ne sais pas quoi dire. Je sais qu'elle n'a plus de cheveux. Je sais qu'à l'Opitalnor elle est couchée derrière une bâche en plastique et qu'à l'entrée il faut se laver les mains avec de l'iode qui pue. Je sais que si je fais un dessin, il doit être scellé dans un sachet en plastique transparent parce qu'il y a des microbes auxquels je peux résister mais pas ma mère. Je sais que quand elle rentre, l'odeur de l'Opitalnor la suit. Qu'il faut tout laver, tout renifler et relaver jusqu'à ce que l'Opitalnor dégage. Je sais que l'Opitalnor n'est pas le bienvenu chez nous. Je sais tout ça mais je ne sais pas comment ça s'appelle et je n'ai pas la moindre idée de ce que ça peut faire.

À Saint-Étienne, il y a un immeuble qui s'appelle la Muraille de Chine. Un immeuble immense. Le plus grand d'Europe. Il a été construit pour être « le symbole d'un avenir meilleur en train de se réaliser ». On dit que la Muraille de Chine est dans un quartier mal famé. Mal famé ça veut dire famé en mal. Il y a longtemps, un président est venu lui rendre visite incognito. Tu m'étonnes. Moi aussi j'adore passer devant. Quand je prends le 18 avec ma mère, il s'arrête juste en face. S'il est en avance c'est là qu'il attend quelques minutes pour se remettre à l'heure. Ça laisse le temps de bien regarder. La Muraille de Chine c'est un immeuble sublime. On dirait un immeuble russe. Un immeuble immigré.

Cet été-là, on doit rester à Saint-Étienne. L'odeur d'Opitalnor prend toute la place.

Mon père a acheté une TV française. Installée sur le lino du salon, je regarde une histoire d'animaux qui ont sans cesse des problèmes. Ils veulent à tout prix traverser une autoroute. On ne sait pas pourquoi. C'est leur but ultime dans la vie. Une musique épique accompagne leurs vaines tentatives. La communauté est dirigée par un blaireau qui transporte sur son crâne une taupe. Les animaux parlent tous trop vite et font sans cesse des réunions. J'attends patiemment la coupure pub. Son jingle familier. Stabilité et répétition. Je le reconnais à la première note. Je me rapproche de l'écran. Concentration. Le Rubik's Cube sonore commence.

Une grosse limace jaune à casquette. La limace vole et élimine des monstres qui attaquent des enfants. Après sa victoire les enfants courent vers la limace et crient *Croustibat' Kipeutebat'* puis une femme au loin chante *iiindus'*. Donc. La limace s'appelle Croustibat'. Son nom de famille c'est Kipeutebat'. Il est possible qu'elle soit de la famille de Bat'man. À voir. Le chant de la femme : à voir aussi.

Aksheumaaa, le plus grand de tous les héroooos. Le. Plus. Grand. *Le plus grand.* La voix dit que le Ken en treillis est le plus grand. OK.

Pitch mon pitch… acun sa… oche, choco… épite… aise… omtueux… en dans ta poche un pitch oudeux. Pitch. Mon. Dans. Ta. Poche. Un. Oudeux. *Oudeux* je connais pas mais on dirait doux à l'envers. Les Pitch sont doux quoi. OK on a compris.

Tout nouveau, tout beau, c'est l'avion de Barbie. C'est facile. J'ai plus de questions sur l'avion lui-même. Pas de pilote, pas de toilettes, pas de vitres dans les hublots.

Jingle.

Retour des animaux sur l'autoroute.

Un jour ma mère est guérie.
Le vrai bonheur, c'est ça.
Mon père achète quatre billets pour Venise.
Gondole pour tout le monde, direct.

III

J'ai rendez-vous au cabinet de mon avocate. Je vais régler ce que je lui dois et demander des détails sur la procédure à venir. En descendant dans le métro je tape « Jallal Hami » dans la barre Google de mon téléphone, onglet Actualités. Il est mort il y a huit ans mais le procès de son affaire s'ouvre à Rennes aujourd'hui. Dans les journaux ils appellent ça « le procès Saint-Cyr ».

À Sciences Po, le premier jour de cours, on s'est retrouvés dans le même groupe d'« introduction à la sociologie ». Je ne connaissais personne. Je me suis assise derrière une rangée de types de mon âge qui avaient déjà une cravate enfoncée dans la pomme d'Adam et un attaché-case en cuir. Je me suis dit qu'à part la calvitie ça ne leur laissait pas beaucoup de marge pour la suite. La prof est jeune, sympa. Ça fait bizarre de l'appeler madame. Elle lutte pour ne pas nous tutoyer.

Tout le monde devra faire un exposé en binôme. On choisit le sujet dans la liste qu'elle nous lit. Quand un sujet nous intéresse, on lève la main. À « Sociologie des prénoms » je lève la mienne. Elle dit : *Vous vous appelez ?* Pauline. *Très bien. Et vous ?* Je me retourne, il y a un gars au fond de la salle qui sourit. Jallal, il dit. *OK. Alors Pauline et Jallal pour la sociologie des prénoms.*

On a échangé nos numéros. On s'est donné rendez-vous sur les chaises orange de la cafét'. On a pris des paninis Nutella, on a fait des blagues sur les prénoms des séries américaines et les gens qui appellent des nouveau-nés Didier. À un moment, Jallal a dit : C'est marrant, sur la liste t'es inscrite à Polina. Ouais ouais, j'ai dit, mais c'est Pauline. On n'en a plus parlé. Je ne lui ai rien demandé sur « Jallal ». C'est drôle de faire un exposé sur la sociologie des prénoms et de ne surtout pas parler des siens. C'est exactement ce qu'on a fait.

Sur Internet j'ai lu qu'il avait fait un master d'affaires internationales, qu'il avait fait un tour du monde, appris le chinois puis qu'il était rentré à Saint-Cyr en 2012. Trois mois plus tard il est mort noyé dans un étang de l'école. Bizutage.

À Saint-Cyr on ne dit pas bizutage, on dit bahutage ou transmission des traditions. Peut-être parce qu'on y prépare les recrues de la grande muette.

Je change à République. Dans les couloirs du métro il y a des cadres avec marqué « Cap sur les bonnes affaires ». Dans la 5 je regarde une vidéo où le frère de Jallal dit : *Quand tu quittes Alger, où des balles sont tirées dans ton salon, et que tu arrives dans un pays où tu peux aller à l'école, ta dette est incommensurable.* Je scrolle. Au fort de Vincennes, le 7 novembre 2012, le chef d'état-major de l'armée de terre s'adresse au cercueil de Jallal en ces termes : *Je voudrais tout particulièrement saluer votre sens de l'engagement alors que les études que vous aviez suivies vous auraient certainement permis de choisir un métier plus confortable que celui des armes. Mais vous vouliez, disiez-vous, rendre à la France un peu de ce qu'elle vous avait donné. Votre parcours remarquable illustre ce que notre beau pays peut offrir de mieux à tous ceux qui, animés par une saine ambition, se donnent les moyens de réussir.* Il dit ça devant le cercueil d'un type noyé au milieu de la nuit dans une eau à neuf degrés au son de *La Walkyrie* pendant une séance de « transmission des traditions ».

Dans le hall du cabinet, j'attends mon avocate. Pendant qu'elle me fait faire un badge visiteur, je me mets à lui raconter l'histoire de Jallal. Je parle de l'exposé de sociologie des prénoms, de la noyade, du discours devant son cercueil, de cette histoire de dette et de « rendre à la France un peu de ce qu'elle lui avait donné ». En montant dans l'ascenseur, mon avocate dit Il ne faut pas faire d'amalgames. S'il ne s'appelait pas Jallal, il se serait noyé quand même. N'importe qui aurait pu se noyer. C'était lui, ç'aurait pu être un autre.

Elle a raison mon avocate. N'importe qui aurait pu se noyer. Mais est-ce que pour n'importe qui on aurait parlé de dette ? Ah oui, dit l'avocate, mais ça c'est un peu le cas de tous les émigrés, non ?

Sur le chemin du retour je cherche sur mon téléphone « Jallal prénom ». Sur le site rose et blanc de magicmaman.com je trouve : « Étymologie et signification du prénom Jallal : La racine de ce prénom est arabe. Jallal signifie la grandeur. »

Moscou. Datcha. On nous a pris notre parcelle sur le champ communautaire. Ils ont dit que ça faisait trop longtemps qu'on n'y plantait rien. Mais comment veulent-ils qu'on plante si vous n'êtes pas là ? Mon grand-père prend un Validol et s'allonge.

Normalement sur le champ communautaire on plante des patates. Mais pour ça il faut être là en mai, pas en juillet. Cette année, on a dû partir plus tard de Saint-Étienne. Pour la première fois j'ai fini l'année scolaire. Ensuite ma mère m'a emmenée dans un cabinet tapissé de moquette rouge voir une femme qui devait dire si oui ou non je pouvais sauter une classe et si oui ou non ça risquait de me faire oublier le russe. La femme m'a donné des exercices, m'a posé des questions et a exigé un dessin. Résultat : je passe en CM1 mais plus de champ communautaire.

Quand on plante les patates à temps, c'est moi qui suis chargée de nettoyer les pousses en cas d'attaque de doryphores. On me donne une boîte de conserve avec un fond de kérosène et j'y plonge tous ceux que je trouve. Jusque-là, exterminer les doryphores était la seule chose que j'avais le droit de faire seule derrière la palissade. Mais cet été une nouvelle ère commence. Ma mère a convaincu mes grands-parents que je saurai être vigilante face aux pièges du kidnapping. J'ai le droit de sortir, d'aller za zabor pour mon bon plaisir. En contrepartie, je dois m'engager à une proximité physique et une visibilité permanente depuis le portillon, myopie-cataractée de mon grand-père prise en compte. Je m'y engage. Mais je songe aux difficultés à venir pour les Kazakhs et les brigands. Le principe du jeu suppose que le groupe des brigands invente un mot de passe puis se cache. Les Kazakhs attrapent un brigand et lui extorquent le mot de passe par la force. S'ils réussissent les brigands ont perdu. Autant dire qu'avec un champ de manœuvre défini par la cataracte de mon grand-père, les Kazakhs n'auront pas à me chercher bien loin.

Avant de franchir le portillon, je reçois les instructions de bonne conduite de mon grand-père et les réponses à fournir aux éventuelles questions du monde extérieur en ce qui concerne mon lieu d'habitation. J'habite à Moscou. Je suis élève à l'école numéro 26. Celle en briques rouges et blanches sur le chemin du cirque, juste à côté de la maison. Ne rien dire sur la France. Ne pas parler des voyages. Ne pas parler français bien sûr, mais ça c'est évident. Si on me parle de la France, j'élude. Si quelqu'un insiste, je dis que j'apprends le français avec un prof particulier pour entrer à l'école 1265 en section internationale. Je peux dire que j'ai une carte d'abonnement à la bibliothèque pour enfants, métro Oktyabrskaya. Celle sur la place avec la grande statue de Lénine. C'est tout.

Pendant qu'il liste les dangers qui me guettent, je pense à la Grande Guerre patriotique. Aux fascistes qui torturaient les prisonniers sans insigne pour déterminer à leurs cris de douleur de quel pays ils venaient. Ça m'inquiète. En français je sais qu'on crie « aïe » mais le problème c'est qu'en russe on crie « aïe » aussi. Comment être sûre de crier « aïe » en russe et pas en français. Et si je crie « aïe » en russe mais qu'on croit que j'ai crié « aïe » en français, comment prouver ensuite que c'était bien un « aïe » russe.

Ma grand-mère écoute ces instructions de loin et m'envoie des clins d'œil appuyés comme si c'était une bonne blague. Elle a déclaré qu'on lui ment et ce depuis le premier départ. Elle sait pertinemment qu'on n'habite pas en France mais à Moscou, dans l'immeuble d'en face. Celui où il y a le salon de coiffure. Elle aimerait qu'on cesse cette mascarade, ce complot général destiné à la tromper.

Elle nous fait savoir qu'elle n'est pas née d'hier. On ne la lui fait pas comme ça. Notre petit cinéma, on se le garde. À Moscou, elle me voit régulièrement par la fenêtre de la cuisine. Quand je passe en bas, au pied de l'immeuble. Parfois même elle me fait coucou. Quand je ne fais pas coucou en retour elle se vexe. Si on ne peut plus faire coucou à sa propre grand-mère.

On appelle ça ses « fantaisies ». Mon grand-père dit qu'elle « fantaisie » parce que l'idée de nous savoir loin lui est insupportable. C'est si insupportable qu'elle prétend que ça n'a pas eu lieu. J'ai pour consigne de ne pas la contredire. De toute façon, à la moindre mise en doute elle répond Bien sûr bien sûr et elle se marre.

À la fin de l'été, on rentre en France. Dans le hall de l'aéroport, à côté d'une machine à café, un gros panda allongé sur le dos tient dans ses pattes une boule en verre pleine de pièces. On s'approche. C'est la WWF, dit mon père, ils protègent les espèces menacées.

Ma mère aussi veille sur mon russe comme sur le dernier œuf du coucou migrateur. Ma langue est son nid. Ma bouche, la cavité qui l'abrite. Plusieurs fois par semaine, ma mère m'amène de nouveaux mots, vérifie l'état de ceux qui sont déjà là, s'assure qu'on n'en perd pas en route. Elle surveille l'équilibre de la population globale. Le flux migratoire : les entrées et sorties des mots russes et français. Gardienne d'un vaste territoire dont les frontières sont en pourparlers. Russe. Français. Russe. Français. Sentinelle de la langue, elle veille au poste-frontière. Pas de mélange. Elle traque les fugitifs français hébergés par mon russe. Ils passent dos courbé, tête dans les épaules, se glissent sous la barrière. Ils s'installent avec les russes, parfois même copulent, jusqu'à ce que ma mère les attrape. En général, ils se piègent eux-mêmes. Il suffit que je convoque un mot russe et qu'un français accoure en même temps que lui. Vu ! Ma mère les saisit et les décortique comme les crevettes surgelées d'Ochane-Santr'Dieu. On ne dit pas *garovatsia*. On dit *parkovatsia* ou *garer la voiture*. La prochaine fois que *garovatsia* arrive je lui dis non, pousse-toi, laisse passer *parkovatsia*.

On ne dit pas *mangévatsia*, on dit *stolovatsia* ou *manger*. Attention. Attention, sinon tu vas finir comme les fils Morkovine. Je les ai vus les fils Morkovine. Je sais ce que je risque. Les fils d'un collègue de mon père. Des jumeaux. À peine plus âgés que moi. Arrivés de Saint-Pétersbourg ils ne parlent plus vraiment le russe ni tout à fait le français. Ils cherchent leurs mots. Ils ont un accent bizarre. Des consonnes trop dures, des voyelles trop ouvertes. On dirait qu'ils sont en train de muter. Ils ont déjà la langue dans le formol, on va les mettre en bocal et les observer. Je ne veux pas muter mais je n'ai rien vu venir. Il fallait faire rentrer le français et maintenant qu'il est là on me dit qu'il va me changer en mutant Morkovine.

Pour me préserver de la mutation, ma mère a rapporté de Moscou un antidote : *Pas à pas vers le cinq sur cinq*.

Un épais cahier d'exercices rempli de règles de grammaire et de dictées qui décrivent des paysages champêtres. C'est très bien fait, dit ma mère, on apprend la grammaire à partir des grands classiques. Je pense aux *Minikeums* qui ont commencé depuis cinq longues minutes. Tant pis si je mute. Tant pis si je m'endors sur la neige du français.

Mais *Pas à pas vers le cinq sur cinq* ne m'a pas demandé mon avis. *Pas à pas vers le cinq sur cinq* a tout prévu. Il a un programme pour moi pour les dix années à venir. Et s'il le faut *Pas à pas vers le cinq sur cinq* ira me chercher jusque dans les toilettes. D'ailleurs il en tapisse les murs. Avant il y avait les drapeaux du monde. Maintenant le russe a pris toute la place.

Deux niveaux d'accrochage. Station debout / station assise sur la cuvette. Tout est prévu pour qu'il soit inévitable. J'entre, « ji / shi pishi tchéréz i » au-dessus de la chasse d'eau. Je me retourne, il y a « gnat' diérjat', dyshat', obydiét' » qui passent. Je m'assois, « plav / plov, mak / mok » me regardent. Papier toilette à gauche : « stiéklianyï, olovianyï, dérévianyï ». Essuie, relève, remonte le pantalon, « plav / plov, mak / mok » face porte. Demi-tour « gnat', diérjat' ». Tire la chasse « ji / shi ». Demi-tour « plav / plov » et ressors.

Russe à l'intérieur, français à l'extérieur. C'est pas compliqué. Quand on sort on met son français. Quand on rentre à la maison, on l'enlève. On peut même commencer à se déshabiller dans l'ascenseur. Sauf s'il y a des voisins. S'il y a des voisins on attend. Bonjour. Bonjour. Quel étage ? Bon appétit.

Il faut bien séparer sinon on risque de se retrouver cul nu à l'extérieur. Comme la vieille du cinquième qu'on a retrouvée à l'abribus la robe de chambre entrouverte sans rien dessous. Tout le monde l'a vue. On a dit *Elle ne savait plus si elle était dedans ou dehors.*

Un jour ça m'arrive. Je joue avec les enfants des allées voisines sur la pelouse au pied de l'immeuble. Ça sent le gazon tondu et la crotte de chien fraîche. La fenêtre du neuvième étage s'ouvre, ma mère se penche, appelle. Le repas est prêt, il faut venir. Je tourne la tête, je demande un sursis. Je crie Iésho tchout-tchout.

Cul nu à l'abribus. J'ai oublié. Où j'étais, j'ai oublié. Autour de moi un cercle d'enfants se forme. Un chef de gare, des passagers. Le cercle me tourne autour, siffle et crie *Tchouuu-tchouuu.*

À la fin de l'année, je passe de Polina à Poline. J'adopte un *e* en feuille de vigne. Polina à la maison, Poline à l'école. Dedans, dehors, dedans, dehors.

Je reçois un courrier de mon avocate qui dit que « la procureure a statué ». Les détails sont en pièce jointe. Je l'ouvre :

> Désormais c'est à la juge de dire et juger que. Ainsi donc, quand tout le monde aura bien statué, si et seulement si chacun son tour, il faudra et il suffira que les ors de la République or-ni-car dire et juger que, puis m'informer de leur décision.
> En attendant il faut attendre.
> Signé : Le Parquet.

Ça fait longtemps que j'ai perdu le fil des étapes successives de mon dossier. De leur ordre. Des conjonctions dites de coordination qui les régissent. Il ne devait y avoir qu'une seule audience puis on me dit qu'il en faudra une autre puis sans qu'il y en ait eu on m'annonce que *la procureure a statué.*

J'appelle mon avocate. Ça veut dire que c'est bon ? *Non.* Est-ce que je peux faire quelque chose ? *Non. Il faut et il suffit d'attendre.*

Ça, ça me fait de très belles jambes. Bien toniques. Mollets dynamiques, fesses galbées. Remises en forme à la salle des pas perdus du tribunal de Bobigny. Façon marche athlétique. Jambe tendue, toujours un pied au sol. Attention à ne pas courir.

Je m'en méfie de cette salle-labyrinthe. Qui dit labyrinthe dit Minotaure. Dévoration par l'attente, métamorphose du vide. On va me retrouver dans la salle des pas perdus le regard figé, en toge de marbre façon Pline l'Ancien.

Deux mois plus tard, nouveau mail de mon avocate. Objet : date du délibéré. Elle écrit : *La décision sera rendue le 8 mars (journée internationale des droits des femmes, j'adore !).*

C'est quoi qu'elle adore ? Parce qu'en ce qui me concerne un refus le 8 mars, le 8 mai ou le 14 juillet c'est kif-kif. Je ne vais pas adorer du tout. Je suis déjà en appel. Il me restera quoi comme recours ? C'est sûr, il y a Pavlenski qui s'est cloué le testicule sur les pavés de la place Rouge. Mais je préférerais ne pas. Je préférerais ne pas avoir à me demander si j'aurai le courage – si c'est comme ça qu'on l'appelle – de m'agrafer une partie du corps – et si oui laquelle – sur la paroi en verre moche du tribunal de Bobigny.

Je ne vais pas adorer du tout vivre avec un prénom choisi par le tribunal de Bobigny parce qu'il trouve que je m'intègre mieux comme ça. Parce qu'il trouve que comme ça, de la maternelle au cimetière, on garde à l'esprit que s'intégrer est un work in progress. C'est comme le mollet dynamique et la fesse galbée, ça s'entretient. Un moment d'inattention et paf, ça se relâche, ça ramollit et ça pendouille. Ça commence par un accent tonique fluctuant, une intonation plus droite. Au début, seulement quand on est fatigué ou quand on a un peu bu, puis de plus en plus souvent. Ensuite on arrête d'employer des articles. Je mange saucisse, je travaille dans théâtre. Puis on se met à rouler les *r* et décliner tous les mots. Saucisseka. Saucisseki. Saucisseké. Saucissekou. Saucissekoï. Et paf ! Désintégrée.

8 mars. 23 h 30. Aucune nouvelle de mon avocate. J'espère qu'elle a passé une excellente Journée internationale des droits des femmes.

Moscou. Datcha. Ma grand-mère examine ma photo de classe de CM2. Elle passe au crible chaque rangée : assis, debout, debout sur le banc. Uniquement la gent masculine. Objectif : mon mariage. Elle écrase son index sur la photo, fait glisser son ongle à l'horizontale. Quand il s'immobilise sous le menton d'un élu, elle relève la tête et demande : C'est qui ? Je regarde, je dis : Ben c'est Pierrick ; c'est Aldric ; c'est Kévin. Pour quelques-uns elle demande aussi ce que font les parents. Quand je dis que je ne sais pas, elle ne veut pas me croire. C'est pas comme en Russie, je dis, la classe change chaque année. L'année prochaine, peut-être qu'ils ne seront même pas dans mon collège.

Mes parents sont aux États-Unis pour un mois entier.

Mon père a été invité à une conférence. Je dis : Ça doit être bien New York.

Если крикнет рать святая:
«Кинь ты Русь, живи в раю!»
Я скажу: «Не надо рая,
Дайте родину мою.»

Magnifique, hein ? c'est Essénine, dit mon grand-père. C'est un type qui dit que si les anges lui proposent de quitter la Russie pour aller au paradis, il leur dira que le paradis il n'en veut pas parce que lui ce qui l'intéresse c'est de vivre dans sa patrie. Il dit tout ça en rimes.

En général quand mon grand-père le cite, il ne va pas tarder à me demander si ça me plaît la France et si je trouve que c'est mieux que la Russie. *Où est-ce que c'est le mieux ?* Il demande ça comme Jésus demande au peuple s'il croit en l'Éternel. Pendant que je fais un son qui me permet d'éluder la question il se lamente un peu sur mon âme errante. *On t'a emmenée si petite si petite.* On dirait que j'ai été kidnappée. Puis il soupire et sort le tensiomètre.

Quand il prend sa tension il ne faut plus parler. Il gonfle le brassard en appuyant sur la petite poire puis laisse filer l'air en regardant la flèche buter sur les chiffres du cadran. Scratch du brassard qu'on détache. Un chiffre sur un autre. Risque d'infarctus, il dit. Un Validol pour lui, un bonbon pour moi et on s'allonge. On s'allonge sur son lit en fer sous la reproduction jaunie de *Les freux sont de retour*. Pendant qu'il désamorce les yeux mi-clos son risque d'infarctus, j'étudie les monts et vallées de son visage. Il y a plus de peau que de place. Je suis les fleuves de rides qui s'enfoncent et disparaissent dans leurs propres rives. Je regarde le front renversé en arrière, la bouche entrouverte, la langue rose qui contraste avec la peau pâle. On dirait une langue de tortue.

J'en ai vu dans une émission sur les Galapagos. C'est des îles où il y a des tortues géantes. Une tortue géante c'est aussi grand qu'un poney ou un âne. Peut-être même plus grand. Dans l'émission on voyait des tortues qui s'accouplent. Il y en a une qui reste normale et l'autre qui lui grimpe dessus. Ensuite celle du dessus s'active. Sous le coup de l'effort elle ouvre le bec et pousse des cris gutturaux. À ce moment précis on lui voit la langue. On la voit par contraste. Dans la bouche sèche et grise se détache la langue rose et humide.

Quand le risque d'infarctus est suffisamment loin, mon grand-père rouvre les yeux, on regarde le plafond et on discute. Parfois, il raconte l'histoire du marécage mais seulement si ma grand-mère est là. Jamais en son absence. Si ma grand-mère est là et qu'il dit « encerclement » c'est que l'histoire du marécage arrive. L'histoire du marécage commence avec les premiers jours de la guerre. Mon grand-père a dix-neuf ans. Il marche depuis des jours avec son régiment jusqu'à ce qu'ils se rendent compte qu'ils sont dans un cul-de-sac. L'ennemi est partout autour. Les commandants jettent leurs insignes, demandent aux soldats de marcher loin pour que l'ennemi ne les identifie pas en tant que chefs. Mon grand-père n'est pas chef, il est soldat sniper. Il finit par se retrouver seul. Dans un sous-bois, au milieu d'un marécage. Il comprend qu'il est coincé. Il entend les chiens qui aboient et se rapprochent. Il s'assoit sur un tronc d'arbre. Il sort son pistolet, il le regarde et il hésite. Il se demande : Est-ce que je dois me tuer ?

À ce moment de l'histoire, ma grand-mère pousse un cri de bête. Un cri animal, pas un cri humain. Elle brandit son unique poing valide et le secoue en direction de mon grand-père. *Je t'interdis*, elle crie, *je t'interdis*. Le cri vaut mot d'ordre, mon grand-père s'interrompt. À chaque fois. Toujours au même endroit, par son cri elle le sauve. Jamais elle ne le laisse appuyer sur la détente. Elle crie si fort qu'il a dû l'entendre depuis le futur quand il était assis dans son marécage, le pistolet à la main.

L'histoire s'arrête toujours au milieu du marécage. Ce qui est arrivé après on n'en parle pas. Ensuite ma grand-mère lui déclare sa flamme, ils s'embrassent par multiples de trois et on passe à autre chose.

Avant, pendant l'histoire du marécage, je regardais mon grand-père. Maintenant, c'est ma grand-mère que je regarde. Je regarde son poing qui se dresse et qui s'agite.

Je le regarde et je me dis qu'il n'y a pas de doute possible. Elle ferait sauter la cervelle à n'importe qui qui toucherait à son Vania. Moi y compris. Elle le défoncerait. Elle le broierait entre ses doigts aux ongles abîmés. N'importe qui. Tous s'ils sont plusieurs. Un par un. Elle le dit, d'ailleurs. Parfois, elle dresse sa main valide, elle ferme le poing et dit *Je n'en ai qu'une seule mais...* En guise de fin de phrase elle secoue son poing et elle grogne. Un très beau grognement. On voit très bien ce qu'elle veut dire. C'est tellement puissant que ça me fait rire. On dirait les craquements d'un glacier au contact de la lave. C'est un *affogato* ma grand-mère. Comme je me marre, elle se marre aussi puis après elle chante. Le même poing avec lequel elle broyait à l'instant des ennemis imaginaires, elle l'agite en chantant laï laï laï. Et puis un voile se baisse dans son regard. Quelque chose redescend. Elle repose sa main et c'est la fin.

La première fois que j'entends l'accent de ma mère, je suis sur la banquette arrière de la Renault 19 côté place du mort. On rentre de Moscou. Aéroport Saint-Exupéry parking longue durée P5. Ma sœur veut mettre *Notre-Dame de Paris* jusqu'à Saint-Étienne. Je suis contre, je préférerais Joe Dassin. Pendant qu'elle cherche la cassette dans la boîte à gants, je pousse des « Belle » tonalité brame de cerf. Ma mère trouve que ça suffit comme ça mais comme elle rit je persévère. Alors piano piano elle entame un refrain en contrepoint. Un extrait d'une des filles. Peut-être Fleur de Lys.

C'est là que je l'entends. L'accent russe de ma mère. Les sons brillants qui glissent sur les syllabes françaises comme pour un essayage. De la soie qui plie ici et là et qui pourrait aussi bien plier ailleurs. J'ai entendu ça, j'ai rangé Garou direct. J'ai glissé, je suis passée au travers de la paroi. Qu'est-ce qui m'a pris d'écouter ma mère en français au lieu de l'écouter en russe ?

Au début, je pensais que parler français sans accent ça voulait dire parler sans qu'on sache que je suis russe. Sans qu'on puisse me demander d'où je viens et ce qui m'amène.

Mais à Saint-Étienne on peut parler français sans accent et avoir l'accent quand même. À Saint-Étienne, l'accent, ça veut dire l'accent stéphanois. On peut le cumuler. Stéphanois + russe. Stéphanois + russe + banlieue. Il y a aussi le parler gaga. Le parler gaga, pendant longtemps, je ne savais pas que ça se cumule. Je ne savais pas qu'en dehors du Forez, personne n'est berchu quand il lui manque une dent.

Français sans accent ça veut dire français accent TV personnage principal. Accent Laura Ingalls et Père Castor. Accent Jean-Pierre Pernaut et Claire Chazal. Prendre l'accent TV c'est renoncer à tous les autres. Pas de cumul possible avec l'accent TV. Une fois que tu parles comme au 20 heures tout autre accent devient un à-côté, un 5 à 7. Pour s'encanailler, comme au bon vieux temps mais rien de plus. Un accent qui revient sans qu'on l'appelle, c'est gênant comme Dom Juan qui tombe sur Done Elvire. Coup d'œil autour pour vérifier que personne n'a vu.

L'accent qui revient malgré toi, on le remarque et on se moque : T'as l'accent qui pointe.

C'est l'en-dedans qui sort au-dehors. C'est le relief qui fait tomber ta langue dans le domaine public. Le même que celui du ventre des femmes enceintes. On veut savoir qui c'est là-dessous. Et ça fait combien de temps. S'il n'y a ni bosse ni relief alors qu'on sait qu'il y a quelque chose, il arrive qu'on soit un peu déçu. On ne distingue pas bien le dedans du dehors. Alors parfois : Dis-nous quelque chose en russe. Impression qu'on te pose sur un tabouret et qu'on te demande de baisser ton froc.

Je suis la seule de ma famille à avoir perdu l'accent russe. La paroi entre le français et le russe est devenue étanche. Plus rien ne filtre au travers. On m'a dit C'est dingue ça, on n'entend rien du tout, non mais c'est vrai, c'est vrai, pas un pète de quelque chose. L'accent c'est quelque chose. Rien du tout c'est ce qu'il m'en reste. Ce sont les oreilles des autres qui actent la rupture, s'étonnent qu'il ne soit plus là. *Tu as un français impeccable.* Impeccable. Une cuisine bien lavée. Pas de pelures coincées dans le trou de l'évier. Pas de taches sur la nappe. Même pas une miette accrochée à l'éponge. Mais si mon français est impeccable, le français de ma mère, il est quoi ? Et celui de mon père ?

L'accent c'est ma langue maternelle.

Dans la cour du collège, la rumeur court qu'on va détruire la Muraille de Chine. Personne n'y croit. La détruire, comment ça ? On ne détruit pas une muraille. Comment on peut détruire une muraille ? Son principe même est de faire rempart.

Ma mère se met à nouveau à disparaître. Elle est à l'Opitalnor pour ses affaires, tu sais, dit mon père. Ses affaires ? Je sais pas, non. Un midi, ils rentrent ensemble. Il la soutient, elle marche à peine. Elle a l'air épuisée. Pourquoi. Qu'est-ce qu'ils lui font à l'Opitalnor.

Le tronçon d'autoroute de Saint-Étienne Sud-Est est fermé. La zone est évacuée. À partir de 11 heures, des petits tas d'humains apparaissent sur les toits des tours et des collines de Montchovet et de la Métare. Ils veulent être là, ils veulent voir.

La Muraille est nue. On lui voit le squelette. Tout son revêtement a été arraché. Les matériaux des façades défaits, les murs de béton déshabillés. Des grandes bandes de tissu, pansements géants, couvrent mal ce qui reste de ses murs. Ça bâille au vent, ça se heurte. Ça me gêne qu'on la regarde. Ça me gêne cette Muraille nue et seule sous le regard d'une foule habillée.

L'opération commence. La sirène hurle puis il y a un long silence fébrile. Le décompte au haut-parleur, un deuxième silence, les détonations, l'effondrement.

Le soir, sur les images de ruines encore fumantes, la voix off du JT dit : *Il suffit d'une minute et tout s'effondre. Aujourd'hui, à 13 heures et une minute, la Muraille de Chine s'est écroulée, foudroyée par sept cents kilos d'explosifs.*

Voix de ma sœur dans le noir.
Lève-toi, maman meurt.
R19 bleu nuit.
Mon père au volant.
Opitalnor.

IV

Moscou. On n'a pas le droit d'ouvrir un cercueil de zinc. On ne peut pas toucher celui qui est à l'intérieur. Il y a un petit hublot en verre et c'est tout. Quelqu'un de l'église a mis une chaise pour ma grand-mère mais elle ne s'assoit pas. Elle embrasse la vitre et de temps en temps demande dans le vide si *c'est vraiment elle.* Mon grand-père a les mains sur ses épaules. On ne sait pas bien s'il la tient ou s'il s'accroche. Ils pressent leurs corps contre le cercueil et je les surveille. Tous les deux. Je monte la garde pour ne pas qu'ils meurent. Là, tout de suite, dans l'église. Foudroyés de chagrin.

Moi je ne sens plus rien. J'ai la langue gelée. Pleine de mots immobiles. Avant de repartir en France, je croise la voisine. Sur le palier. Moi, je sors de l'ascenseur. Elle, elle l'attend. Quand la voisine me voit, elle dit : *Это правда, что твоя мама умерла ?* Tiens, je me dis, ça ne fait pas pareil. J'ai déjà entendu cette question. À Saint-Étienne. Quand la pionne a ouvert mon carnet, dans la case « motif de l'absence » du billet vert pâle, elle a lu « décès de la mère ». Alors, avant d'arracher ces demi-journées le long des pointillés, elle m'a demandé : *C'est vrai que ta mère est morte ?*

En français j'ai pu répondre, en russe non. En russe je fixe le carrelage du palier jusqu'à ce que la voisine s'en aille.

Saint-Étienne. On vend la R19, on déménage et on ne parle pas. On ne parle plus. On déroule encore des rubans de mots mais dans tout ce qu'on dit il y a surtout ce qu'on ne dit pas, celle dont on ne parle pas, celle que la langue évite. Quand il faut dire le nom, quand c'est inévitable, mon père a le visage qui se creuse. On croit qu'il faut du temps pour qu'un visage se creuse, que c'est le résultat d'un processus long mais non. Il peut se creuser en deux syllabes. Deux syllabes suffisent. Quand le nom est inévitable, mon père le murmure. Ça fait un trou d'air dans la phrase. Il inspire au lieu d'expirer. Comme s'il voulait le garder en dedans. Comme si avec le nom risquait de filtrer autre chose. Par exemple que maintenant il lui faut un temps pour sortir de la voiture. Je le sais, je l'ai vu par la fenêtre de ma chambre. Le parking était juste en dessous.

Le lendemain de la nuit à l'Opitalnor, il a garé la voiture, il a ouvert la portière, il a sorti les jambes et puis il n'a plus bougé. Il est resté comme ça. Peut-être une minute, peut-être plus. Quand il est rentré, il n'a rien dit, moi non plus. On a fait des rubans de mots dans le vide.

J'ai le patriotisme qui me pousse. Je n'habite plus en France, j'y passe les neuf mois qui me séparent du retour annuel au bercail. J'installe un drapeau blanc-bleu-rouge dans ma chambre. Puis une carte de la fédération de Russie. J'apprends des chants patriotiques de la Grande Guerre, j'apprends les poèmes d'Essénine sur la patrie. Je regarde des films à la gloire de Moscou. Quand il y a des actions héroïques, je pleure. Je les trouve sublimes. Je voudrais en faire autant. Mais comment ? À l'époque c'était facile, il y avait des nazis partout et la Grande Guerre patriotique. Mais maintenant ? Et puis Saint-Étienne. Comment je fais pour accomplir des actes héroïques russes à Saint-Étienne ?

Une fois par semaine je passe en bus devant la patinoire de la Plaine Achille. Je la regarde à travers la fenêtre embuée et je me dis que la solution idéale, ce serait ça. Devenir championne de patinage artistique. Championne olympique qui ramène à la Mère Patrie médaille d'or après médaille d'or. Je pense à ça sur le chemin du collège. Je suis encore essoufflée, je chausse des protège-lames et je monte sur le podium, à peine un regard pour l'énorme bouquet de fleurs qu'on me tend. Dans mon dos on déroule le drapeau. Blanc-bleu-rouge. Puis on lance l'hymne. J'écoute avec un air grave et digne, un visage qui dit je-suis-la-meilleure-mais-c'est-une-broutille-je-ne-fais-que-servir-ma-patrie. L'énorme médaille d'or brille sur mon torse à la fois musclé, svelte et sensuel.

Puis Nelson Monfort me demande un commentaire à la caméra. Un sourire énigmatique glisse sur mes lèvres, mon regard se perd un instant au lointain, puis balaie le sol quelque part au-dessous de mon épaule gauche et, tac, remonte vers la caméra. Alors je cite quelques vers au dépoté. Au débotté. Enfin sans prévenir quoi.

Si la troupe des anges me hèle
« Fuis la Russie, viens au Paradis »,
je dirai : Que m'importe le ciel
Laissez-moi vivre dans ma Patrie.

Nelson dit C'est magnifique, je réponds C'est Essénine. Il dit encore Vous aimez votre pays, ça se voit. Ensuite j'appelle mon grand-père. Bien sûr, il a tout entendu. J'arrive sur le rond-point du collège, je m'interromps le temps de traverser. Je sors mon carnet pour le montrer au pion du portail. Je reprends une fois passé la grille. Où j'en étais déjà ? Nelson Monfort. Je peux aussi revenir un tout petit peu en arrière. À la performance. À la prouesse en action. Mon nom qu'on annonce en anglais. Ou en japonais. Non, en anglais c'est mieux. Donc mon nom qu'on annonce en anglais, les premières mesures de la bande-son. *L'Homme au masque de fer*. On passe tout de suite au quadruple boucle piqué. Triple axel. Série de petits pas. Magnifique. Magistral. Le stade qui hurle, debout. Les gens sont comme des fous. La pluie, le torrent de peluches, les bouquets. Je croise les troisièmes qui sont en course d'orientation. Ils cherchent une balise sur le parking des profs. Je suis super essoufflée, les mains sur les hanches, penchée en avant, mais je souris, je sais que j'ai fait un sans-faute. Petite gorgée d'eau de la bouteille du sponsor. Au loin je vois ma copine Marine qui m'attend devant l'entrée du local techno. Je ralentis le pas pour avoir le temps de finir. Five nine. Five nine. Five nine. Hurlements. Five nine. Six zero. Six zero. Hurlements. Triomphe. Baisers volants. Cœur avec les mains. Coucou à la caméra. *Kikou, ça va ?* Haleine au Malabar. Marine qui me fait la bise.

Dans ma classe, il y a Julie qui a un drapeau du Portugal sur sa trousse et Nihal qui dit qu'à ses dix-huit ans elle part direct en Turquie. Hin hin, je me dis. Tu parles de patriotes. Moi, je suis patriote. Elles, elles parlent et c'est tout. La question me vient d'elle-même, pénible et tenace. En quoi ? En quoi je suis plus patriote que Nihal ou Julie ? La réponse est sur le mur de la salle d'histoire-géo. Frise « Mythologie et Grèce antique ». Ce qu'on observe rapidement chez les Grecs anciens et leurs dieux, c'est qu'ils ne se contentent pas de parler, ils agissent. Ils font des sacrifices, des dons et des offrandes. Prométhée qui se fait bouffer le foie par l'Aigle du Caucase c'est autre chose que le drapeau du Portugal sur une trousse DDP. Voilà, je me dis. Voilà ce qu'il faut faire. Je me dis ça et j'établis un CPHP. CPHP = Code Personnel d'Honneur Patriotique. Il suppose une dévotion totale à la Mère Patrie, il comprend l'interdiction absolue de liaison amoureuse avec un Français et encourage toute action effectuée à la gloire du peuple russe.

Dans la semaine qui suit, mon CPHP est mis à l'épreuve. Il se trouve que j'ai reçu une boulette. Un mot. Jonathan a demandé à Marine de me demander si je voulais sortir avec lui. C'est écrit. Sur l'angle arraché d'une feuille double grands carreaux Marine a dessiné deux carrés. Un avec marqué oui et un avec marqué non. Coche la case. Zoubi.
Jonathan c'est le type qui finit toujours au dernier rang. À la Kolyma comme dirait mon grand-père. À la Kolyma, il roule des bouts de mouchoir qu'il enfonce dans des

cartouches vides après les avoir imbibés de salive. Ensuite il lance la cartouche à la verticale, ça se colle au plafond et ça pend comme une ministalactite. Ça, ça a du succès auprès de tout le monde. Filles et garçons viennent voir la galerie de stalactites de Jonathan à la fin du cours. Même ceux qui ont les félicitations du jury. Tout le monde voit dans ce geste l'œuvre d'un libre-penseur. Un électron libre. Ça et le stylo qu'il fait tourner en équilibre sur le côté de son pouce. Et Jonathan veut sortir avec moi. C'est rien de dire que ça me tente. C'est une occasion qui ne se présentera pas deux fois. Je le sais. Et je sais aussi qu'est venue l'heure du sacrifice. C'est maintenant qu'il faut servir le CPHP. C'est maintenant qu'il faut offrir son foie à l'Aigle du Caucase. Je déplie la boulette, je coche non et je renvoie sans me retourner. La boulette me revient. *Pkoi ?* au stylo violet à paillettes. Je me retourne. Marine écarquille les yeux. Sous-titre : *C'est lui qui demande.* Je jette un œil au dernier rang. « Lui » est absorbé par l'étude du radiateur. Je reprends la boulette, je réfléchis. J'écris : J'ai un mec en Russie. Et je renvoie.

Été. Datcha. Je mets ma veste pour sortir. J'entends ma grand-mère qui m'appelle par le prénom de ma mère. Une fois. Deux fois. À mi-syllabe de la troisième, elle corrige le tir. C'est que mon grand-père ne doit pas être loin. Ici non plus on ne nomme pas. On ne conjugue pas au passé une phrase qui contient le prénom de ma mère. Sinon ma grand-mère se met à crier. La colère l'envahit, elle dit qu'on lui ment, elle exige qu'on se taise. Alors on se tait mais c'est par sa propre langue que le prénom jaillit. Quand ma grand-mère appelle quelqu'un c'est toujours le prénom de ma mère qui commence par sortir. Alors, à voix basse, mon grand-père la reprend.

Quand j'arrive dans leur chambre, ils sont assis côte à côte sur des chaises en bois cintré. Mon grand-père me fait signe de m'asseoir en face. Il attend que je m'installe, soupire et commence : *Polia, si un homme arrive vers toi et dit : « J'ai des chatons dans le coffre de ma voiture, tu veux venir les voir ? » qu'est-ce que tu dois faire ?* Partir en courant. *Bien. Pourquoi ?* Parce qu'il peut mentir, qu'il n'y a pas de chatons et qu'il veut juste m'attirer près de sa voiture pour m'enfermer dans le coffre et m'enlever. *Bien.* À chaque question, ma grand-mère jette un œil à mon grand-père puis à chaque bonne réponse acquiesce avec enthousiasme. On dirait un duo good cop-bad cop.

Si une femme t'appelle et te dit : « Viens par ici, tu as une tache sur ta veste, je vais la nettoyer avec mon mouchoir », qu'est-ce que tu dois faire ? Partir en courant. *Bien. Pourquoi ?* Parce que le mouchoir peut être imbibé de chloroforme pour le plaquer sur mon nez, m'endormir, me traîner jusqu'à une voiture garée à proximité et m'enlever. *Bien. Et si elle te propose du chocolat ?* Pareil. Je pars en courant. *Bien. Pourquoi ?* Parce que le chocolat peut être drogué pour me faire perdre connaissance, me traîner dans une voiture et m'enlever. *Bien.* Ma grand-mère acquiesce encore. Elle n'écoute ni les questions ni les réponses mais elle sait reconnaître et saluer un sans-faute.

Mon grand-père me regarde quelques secondes en silence avec un air inquiet et ému. Puis il fait claquer sept petits baisers rapides. Deux séries de trois puis un plus long en point final. Avant qu'il ait terminé, ma grand-mère l'imite.

On dirait qu'ils me bénissent pour la route. Au dernier claquement de bouche, le test est fini. Je peux y aller.

Ma copine Liza m'attend devant le portail du jardin. À la vue du rideau antimouches qui s'entrouvre, elle se décolle du poteau. *C'est pas trop tôt. Qu'est-ce que tu foutais ?* On se met en route en trottinant.

Notre regroupement de datchas s'appelle la Pravda 1, la Vérité 1. Parce que des Pravda il y en a plusieurs. Dans la nôtre : plus de cent maisons en bois de part et d'autre de quatre chemins de terre. On les traverse rapidement jusqu'au dernier avec les maisons bordées de forêt. Derrière la maison abandonnée coule un ruisseau. Un tronc d'arbre écroulé sert de passerelle. La forêt est sur l'autre rive. Pour la rejoindre, il faut traverser.

En posant le pied sur le pont j'ai un goût métallique dans la bouche. Plus que tout autre endroit, la forêt m'est interdite. Elle est l'habitat naturel du kidnappeur.

Elle est aussi l'endroit qu'a choisi Mitya Outkine pour y retrouver ses amis. Tous ont plus de seize ans. Ou au moins quinze. On le sait. Liza a un grand frère. On dit que Mitya a essayé de se suicider quand Kurt Cobain est mort. Quelque chose en lien avec Nirvana. On ne sait pas exactement qui est Kurt Cobain mais on sait qu'un monde intense et inconnu pour lequel on peut être prêt à mourir existe sans nous. Quelque part dans cette forêt, ce monde prend vie à la tombée du jour.

Je marche derrière Liza sur une bifurcation du sentier des cueilleurs de champignons. On marche en silence. Quand l'éclaircie de la lisière a disparu dans notre dos, une clairière apparaît au loin. C'est là. L'endroit où *tout* a lieu.

Sur le sol dégarni, deux troncs d'arbres posés en angle droit autour d'un feu éteint. Dans les cendres, les convulsions figées d'une bouteille en plastique ambrée, noircie par la fonte. Tout autour, des mégots, des canettes de bière écrasées, des gobelets en plastique, des bouteilles vides de vodka et de porto 777. Un peu plus loin, un grand paquet de chips déchiré, l'eau de pluie brille dans ses plis argentés. Et tout autour des cartes à jouer orphelines. Sur le neuf de trèfle, une femme nue à l'air étonné et la bouche entrouverte regarde ses seins qui scintillent. Personne autour.

On ne bouge plus, on se tait et on regarde, on essaie de sentir quelque chose. Dans un souffle de vent la clairière s'assombrit, les ombres disparaissent puis se dessinent à nouveau à soleil découvert. On lève les yeux vers les cimes, on écoute les feuilles de tremble qui clignotent dans la lumière filtrante. J'ai envie de m'allonger. Couchée sur le sol, je vois les cimes des arbres et, au-dessus, le bleu. Celui qui suce les yeux.

Je me relève. Liza m'enlève la terre restée accrochée à mon jean. Elle me tapote le dos, les jambes puis elle s'arrête net. Qu'est-ce qu'il y a ? je dis. Tu as vu quelqu'un ? *J'ai envie de chier.* Maintenant ? T'es sérieuse ? *Il faut que je chie, là, tout de suite.* Pas le temps de s'éloigner, elle est cul nu, accroupie près d'une fougère. Elle a son rire de raclements de gorge, celui qui ne peut pas s'arrêter. Elle chie et elle rit en même temps. Je ris et je râle, je l'engueule. Je lui tourne autour en cueillant des feuilles de bardane. Tiens, allez, essuie-toi. Si quelqu'un arrive. Liza se relève, remonte son legging, nos regards se posent au même endroit. Au pied de la fougère trône un étron sublime. Parfaitement moulé. Une sorte d'étron témoin. Véritable offrande à nos hôtes fantômes. Pendant que Liza repart en raclements de gorge, je dépose sur sa crotte l'étiquette d'une bouteille de vodka vide trouvée aux alentours : *Dobraïa*. Ça veut dire *Gentille*. Nous sommes venues en paix.

On est venues. On a vu. On aimerait bien revenir.

On reprend le sentier en sens inverse. C'est Liza qui le voit en premier. Lunettes de soleil, casquette noire visière avec piercings, magnétophone sous le bras. Mitya Outkine. Arrivé à notre niveau, Mitya ralentit : Qu'est-ce que vous foutez là vous, putain, c'est notre endroit ici. On cueille de la mousse, répond Liza avec un doux sourire. Le reste du trajet se fait en silence. Quand la lisière laisse apparaître les maisons qui bordent le ruisseau, Liza demande : Tu trouves que c'est la honte d'avoir dit on cueille de la mousse ? Il faut de nouveau traverser la passerelle. À mi-chemin, j'entends un craquement de branches. Je me retourne pour voir ce que c'est. La forêt disparaît et c'est le noir.

Le lendemain, ma grand-mère est dans le jardin. Elle nourrit des mésanges et leur parle. Elle, elle ne mange plus vraiment. En tout cas, pas en même temps que les autres. Ça fait un an qu'elle s'éteint à vue d'œil et personne ne sait quoi faire. Si on fait un scandale, il arrive qu'elle vienne à table avec nous mais la plupart du temps, elle reste dehors. Je lui apporte une assiette sous les pommiers, au cas où elle consentirait à manger quelque chose, puis je vais m'asseoir à la table de la véranda avec mon grand-père. Aujourd'hui c'est soupe okrochka. Il y a plusieurs écoles. Kvas dans l'assiette ou kvas à part, avec ou sans crème fraîche. Nous on est de l'école kvas dans l'assiette et sans crème fraîche.

Mon grand-père avale sa cuillerée, se racle la gorge et puis : Polia ? Où est-ce que c'est le mieux, en Russie ou en

France ? Et c'est reparti. Déjà que j'ai un CPHP à tenir, j'ai pas envie qu'il en rajoute. J'ai envie de dire En France, juste pour faire chier. Mais j'ai mieux. Aux États-Unis, je dis. Les Américains sont mon vrai peuple. Là-bas je serais vraiment chez moi, dans ma patrie. Il a saisi l'idée mais il ne trouve pas ça drôle. Nouvelle cuillerée, long silence. Et puis tac, uppercut. *Tu sais que tous les émigrés rentrent mourir au pays ? Tous. Tôt ou tard leur terre leur manque et ils viennent mourir là où ils sont nés, ils rentrent chez eux.*

Je prends sur moi pour ne pas taper en retour, ne rien dire sur ma mère. Je galère. J'ai la repartie au bord des larmes. Il est pire que le père de Tonton du bled. Mais même ça, je ne peux pas le lui dire. Tonton du bled, il ne sait pas qui c'est. Quand bien même je lui chanterais toute la chanson. Quand bien même je lui traduirais *J'irai finir mes jours là-bas* en russe, il va me dire : Da, da, le père de ce Tonton a raison, qu'il aille finir ses jours là où le veut son père.

Il me saoule d'autant plus que ce n'est pas comme si je n'y avais jamais pensé. Moins à l'agonie qu'à la sépulture d'ailleurs. Où est-ce que je voudrais être enterrée ? En Russie ou en France ? Le problème c'est qu'en France, je serais enterrée où ? J'en ai parlé à une copine, elle a trouvé ça glauque. Forcément, quand on a un caveau dans les Cévennes qui nous tend les bras, on trouve plus facilement que c'est un détail. Mais si je meurs en France, qu'on me trouve un caveau et qu'on m'enterre sur place, dans ce cas je voudrais que mon nom soit gravé à la fois en français et en russe. Et pas de petite bougie à la cire qui coule, pas de rose en relief, pas de colombe à brindille en forme de cœur. Par contre les fleurs en céramique, ça va, j'aime bien. Ça ressemble aux roses en crème au beurre sur le glaçage du gâteau Skazka. Je pense à ça en regardant ma grand-mère par la fenêtre de la véranda.

Je ne parle plus à mon grand-père et il me le rend bien. On se fait la gueule jusqu'à la fin de son assiette d'okrochka. C'est-à-dire au rythme de ses cuillerées : très, très longtemps.

Après du thé pour moi, du kéfir pour lui, on se rabiboche. J'ai préparé une playlist de ses tubes préférés. Du Léonid Outiossov, du Alexandre Vertinski, du Vadim Kozin à gogo. J'ai galéré à trouver toutes les versions originales. On va dans sa chambre, on s'installe et je lance la sauce. Lui, assis sur son lit avec les pieds qui ne touchent pas le sol, moi sur la chaise. Quand c'est gai on chante, quand c'est triste on regarde le sol et on se tait. *S odesskogo kichmana* on commence à se marrer dès l'intro. Puis on laisse dérouler tous les hits d'Outiossov jusqu'à ce que *Les Fenêtres de Moscou* arrive. *Moskovskié okna*. Celle-là on la remet deux fois. Léonid Outiossov chante :

> *Voici qu'à nouveau le ciel s'assombrit*
> *Les fenêtres s'allument à la tombée de la nuit*

C'est ici que vivent mes amis
Et dans la lueur de ces fenêtres
Je cherche les traits de ceux qui me sont chers
Rien en moi ne brille plus fort qu'elle
Elle m'étreint et elle m'appelle
La lueur éternelle des fenêtres de Moscou
Elle m'est chère depuis toujours
Elle m'étreint et elle m'appelle
La lueur éternelle des fenêtres de Moscou
Sous vos fenêtres, je me presse d'arriver
Rendez-vous de mes jeunes années
Chères fenêtres, je vous souhaite d'être heureuses
Votre lumière plus que toutes m'est précieuse

À la fin mon grand-père dit C'est dur de te laisser partir. Quand ça passe à Anna German et son *Kogda tsviéli sady*, je laisse tomber, je fais semblant d'aller chercher un truc et je vais pleurer vite fait à la cuisine. Quand je reviens je le regarde en coin. Personne n'est dupe. Je m'assois à côté de lui sur le lit. À la fin de la chanson il dit Quel dommage qu'elle soit morte si tôt. Qui, je dis, Anna German ? *Oui.*

À la rentrée de quatrième, je reçois un courrier de Lionel Jospin. C'est le Premier ministre. Ma sœur dit C'est pas lui qui a signé c'est une machine.
N'empêche.
Dans le courrier il écrit « française de plein droit par naturalisation du père. Autorisée officiellement à s'appeler Pauline ». Mon père dit C'est bien, ça te donne le choix. Maintenant c'est officiellement Polina dedans et Pauline dehors.

Longtemps j'ai cru que la mention « autorisée à s'appeler Pauline » sur le décret de naturalisation, ça voulait dire autorisée à s'appeler Pauline ou Polina. Au choix.

Je l'ai cru jusqu'au jour où j'ai essayé de faire inscrire Polina sur ma carte d'identité à la mairie de Montreuil. J'ai pris rendez-vous, j'ai préparé les photos, l'extrait d'acte de naissance et je suis arrivée à l'heure. La fille de l'état civil commence à taper les infos dans l'ordinateur puis à mi-parcours elle s'arrête, une main suspendue au-dessus du clavier. Elle dit *Ah mais là on va avoir un souci*, puis *Ah oui ça va pas être possible. Caroline ? Caroline ? On a un souci.* Caroline arrive, parcourt le dossier, confirme On a un souci. Ça ne va pas être possible. Quand Caroline regarde mon extrait d'acte de naissance elle a le visage du smiley qui serre les dents. Elle dit Ah oui là il y a un souci, puis elle me regarde en aspirant sa salive. Elle dit Vous vous êtes trompée, vous avez cru que « autorisée à s'appeler Pauline » ça voulait dire autorisée à s'appeler Pauline et/ou Polina.

Et/ou.

La dernière fois que j'ai entendu et/ou, c'est dans la bouche de M. Armado. Collège du Portail Rouge. Cours de maths, chapitre « Supérieur ou égal ». Le signe supérieur avec le petit bec ouvert sur la gauche, ça tout le monde a compris. C'est pas compliqué. X petit-bec-ouvert-sur-la-gauche Y. Donc X c'est plus que Y. OK. Mais supérieur ou égal on ne comprend pas, la moitié de la classe bloque sec. Moi aussi. Comment ça supérieur ou égal ? C'est supérieur ou c'est égal ?

M. Armado choisit l'explication par l'exemple. Il dit C'est comme au restaurant quand on peut prendre du fromage et/ou du dessert, on peut prendre seulement du fromage, on peut prendre seulement du dessert, on peut prendre du fromage et du dessert.

Ça empire. Pourquoi est-ce que le fromage compte comme un dessert ? Pourquoi est-ce qu'on s'arrêterait au fromage quand on sait qu'il y a un dessert ? Si on a le droit de prendre deux choses, pourquoi est-ce qu'on n'en prendrait qu'une seule ?

Le problème c'est que la métaphore pédagogique de M. Armado est issue de son expérience de prof célibataire à l'emploi du temps réparti entre deux établissements. Tous les jours son trajet entre le collège du centre-ville et le nôtre est interrompu par un menu midi qui le force à choisir fromage et/ou dessert. Or, son exemple s'adresse à des gourmets du Quick du Rond-Point, du McDo de la place du Peuple et, pour quelques-uns, du camion de la Pizza Riv'. En matière de fromage et de dessert, aucun de ces établissements ne pratique le dilemme inhérent au signe supérieur ou égal. On ne voit simplement pas de quoi il nous parle.

M. Armado ne le sait pas. L'exemple lui semble limpide. Il se met à soupçonner une mutinerie. Ses explications suivantes consistent à répéter en boucle *du fromage et/ou du dessert* avec un accent de plus en plus tonique sur le *ET/OU*. Le crescendo s'arrête au seuil du cri, hésite à le franchir. *Du fromage ET/OU du dessert. ET du dessert/OU du dessert ! ET/OU c'est pas compliqué ET/OU !*

C'est le visage de M. Armado que je vois quand Caroline de l'état civil m'explique que j'ai cru m'appeler Polina ET/OU Pauline. Et je plonge.

Je reconnecte au moment où Caroline dit : « Autorisée à » c'est une formule de politesse juridique, ça veut dire « obligée de » s'appeler Pauline et « interdit » de s'appeler Polina.

Ça me fait beaucoup d'effet. Ce qu'elle vient de dire. Caroline est désolée mais ça fait près de vingt ans que j'ai perdu mon prénom russe, et non, croire qu'on l'avait encore ne donne pas le droit de le remettre sur son passeport. Il faut remplir un nouveau dossier – que voici – pour en faire la demande. Elle ne peut pas me dire si je pourrai le récupérer mais elle est sympa, elle me le souhaite. Elle me souhaite aussi une bonne journée et elle s'en va. La fille qui avait commencé à rentrer mes infos dans l'ordinateur dit Je mets votre dossier en attente. Sur le dossier papier, en note de service, elle écrit « La dame voudrait récupérer son prénom ». Merci, je dis. *Y a pas de souci.*

J'ai perdu mon prénom russe. En sortant de la mairie, je me repasse en tête tout le temps où j'ai cru que je l'avais encore alors que je ne l'avais plus. Je l'ai perdu à Saint-Étienne. Sans même m'en rendre compte. Ça me donne envie d'y retourner. Comme si je pouvais le trouver quelque part sur le chemin entre chez moi et le collège. La dernière fois que j'y suis allée, ça faisait longtemps que j'habitais à Paris. Je venais de quitter Sciences Po pour faire du théâtre. C'était l'été. Mon père venait de se remarier. Il m'a appelée pour me dire qu'il déménageait. Il quitte Saint-Étienne. Il faut que je fasse un aller-retour depuis Paris pour récupérer ce qui reste de mes affaires et de celles de ma mère. J'y vais quand il n'y a personne. Je m'installe et je trie. Du matin au soir. À la fin du week-end, il me reste un dernier carton. À l'intérieur : *Le Français pour les tout-petits* avec un escargot coiffé du bonnet phrygien sur la couverture, une cassette de Joe Dassin assis en tailleur au bord d'un plongeoir, des sacs plastique Tadduni avec des cadeaux-rapportés-de-France qui n'ont pas eu le temps d'être offerts. Entre un béret de ma mère et une enveloppe de pogs surnage un répertoire téléphonique. C'est le mien. Sur la couverture, un cheval pur-sang se cabre sur fond de soleil couchant camarguais. Je l'ouvre, je fais défiler les pages sous mon pouce. C'est plein de 04 77. Des Morgane, des Marlène, des Jessica. Et à C, il y a Colette et Maurice. C'est ma mère qui avait noté leur numéro dans le carnet encore vide. Pierre angulaire des 04 77 à venir.

Maurice est décédé, je ne sais pas ce qu'est devenue Colette. J'ai quand même envie d'essayer. Je vais chercher le combiné.

Je m'explique d'avance pourquoi il ne faut pas être déçue. Depuis tout ce temps, ce serait normal. Que ce soit vendu, loué, qu'elle ait oublié et qui sait, bien sûr, si elle est encore là. Je compose le numéro. Ça sonne. Ça sonne et ça décroche. Je dis Allô, je m'excuse de vous déranger, je cherche à joindre, j'aurais voulu parler à, Colette, qui a habité là, c'est Polina enfin Pauline enfin la fille des voisins qui habitaient sur le palier d'en face. *Pauline*. Je reconnais la voix. C'est elle. Elle est la seule à faire durer comme ça le *i* de Pauline. Cette fois il dure encore plus longtemps, c'est un *i* de retrouvailles.

Bien sûr qu'elle se souvient, *souvent je pense à vous quand je vois votre porte.* Elle n'en revient pas de m'entendre. Elle me demande des nouvelles de tout, de tout le monde, je sens qu'elle n'ose pas demander si les parents de ma mère sont encore vivants. Je lui dis que ma grand-mère est morte il y a trois ans, que mon grand-père vit seul. Elle, elle habite toujours de l'autre côté du palier. *Mais sans Maurice.* On parle beaucoup et vite, on passe de sa santé à mes amours, de mes voyages à ses petites-filles, de son fils à ma sœur repartie vivre à Moscou. On parle de quand on venait d'arriver, de quand ils nous emmenaient à Auchan Centre 2 en voiture, des dîners raclette, des chrysanthèmes. Colette dit On était bien tous les six. Après ça il y a un blanc. Le blanc c'est Maurice. Le blanc c'est ma mère. Puis on promet de donner des nouvelles, de se voir bientôt. Avant de raccrocher je demande si c'est loué. Chez nous. Enfin en face de chez elle. Oh oui, elle dit, c'est loué à une famille. Un couple et deux enfants. On s'entend très bien. Ils viennent d'arriver en France. Ils me font penser à vous, ils ne parlent pas un mot de français.

Le lendemain de mon rendez-vous avec Caroline, j'ai rempli le nouveau dossier et je suis retournée à la mairie de Montreuil. J'avais l'impression d'aller chercher un enfant à la DDASS. À l'accueil j'ai dit : Bonjour, je viens récupérer mon prénom. On m'a donné une feuille à signer et un ticket de file d'attente pour déposer la demande.

La réponse est arrivée trois mois plus tard dans une enveloppe AR : Non. Pas le droit de s'appeler Polina. Pas le droit non plus de faire appel en mon nom propre. Si et seulement si je trouve un avocat pour me représenter.

Pour qui a perdu son accent, il n'est pas exclu que son accent lui manque. Ce n'est pas obligé mais ce n'est pas exclu. Peut-être qu'arrivera le jour où mon accent viendra me demander des comptes. Alors ma vieille, on parle comme Jean-Pierre Pernaut ? Il viendra en fin de matinée. En fin de matinée, il ne se passe jamais grand-chose. Soit ce qui devait se passer a déjà eu lieu le matin, soit ça attendra le soir. Et là, on sonne à la porte. Je regarde dans le judas, je dis C'est pour quoi ? *Ouvre, c'est ton accent.* Une petite femme menue au regard pointu, au front large, avec un béret en laine mauve qui lui couvre l'oreille droite et un baise-en-ville dans les mains. J'ouvre.

À peine sur le palier *Qu'as-tu fait de moi*, elle dit, *qu'as-tu fait de moi, malheureuse ? Je t'ai cherchée moi-même au fond de tes provinces, j'y suis encore malgré tes infidélités.* Je fixe une rayure sur le parquet, elle se tait. Je relève la tête, la femme menue a disparu.

Une petite fille est assise sur un fauteuil en velours vert. Elle a la main fourrée dans l'aine de son siège. J'entends son pied qui tape sur la jambe en bois du fauteuil. Je la regarde. La jambe en bois c'est la sienne, celle du fauteuil est en chair et en os. *Do-do-dommage*, elle dit, *do-do-dommage*. Dommage ? Dommage quoi ? La petite fille disparaît.

La femme est de retour. Elle est près de la porte blindée serrure trois points, elle ne dit plus rien. Elle a trois paires d'oreilles qui dépassent du béret mauve. Tu vois ? elle dit. Tu vois ? Puis elle se tourne vers les étagères de livres. Je regarde ses trois lobes d'oreille en enfilade. Je dis : Trois c'est beaucoup. Elle se retourne : Pour l'accent il faut être au moins deux. Elle dit encore *Lob o bok ça donne lobok. Traduis-leur sinon ils comprennent rien.* D'accord, je dis. Front sur le flanc ça donne le mont du pubis.

Je traduis et je doute. Je ne me souviens plus de la langue de cette femme. Je la comprends, je la parle mais je ne m'en souviens plus. L'accent ça parle quelle langue ? Et moi, en quelle langue je l'écoute ? La petite fille dit : *Il n'y a qu'ensemble qu'on sera plusieurs.* Elle est là, elle ? Non, personne dans le fauteuil. Je l'entends mais je ne la vois plus.

Je regarde la femme, je dis : Quand tu perds ton accent, ce sont les autres qui te l'annoncent. Je dis aussi : Je suis contente de te voir mais quelle langue parles-tu ? La femme retire son béret, caresse ses lobes au passage. Elle dit : Oui, bon.

Je dis : Quand tu perds ton accent, ce sont les autres qui te l'annoncent. On se regarde encore avec la petite femme menue. Un regard tendu, il fait chaud, ça manque d'un orage. Je m'approche. Et à pleine bouche on se lèche la langue. On se lèche et c'est râpeux. C'est des papilles en kératine. Des papilles-crochets. Des éminences. On se les râpe. Crochets contre crochets. J'ai la langue qui se gorge de salive. Ça coule sur la rayure par terre. On a les langues qui coulent sur le parquet. Puis. On s'arrête net. Elle remet son béret et elle s'en va. Je la raccompagne, je lui dis : On se reverra. Elle ne dit rien mais je sais que si. Entre les portes de l'ascenseur qui se referment, je dis : J'ai le russe en rut. J'entends la petite fille qui rit dans la cabine.

Je rentre chez moi, je sors l'encyclopédie avec la couverture couleur pêche. Je lis crabe. Je lis carapace. Je lis :

> Quelques jours avant la mue, le crabe absorbe de l'eau, ce qui a pour effet de gonfler ses tissus et d'exercer une pression sur l'ancienne carapace. Celle-ci s'entrouvre alors, à sa jonction avec l'abdomen et le long de chaque bord latéral, puis se soulève de l'arrière vers l'avant.
>
> Grâce à une suite de contractions musculaires, le crabe s'extrait de sa carapace en « reculant », comme une main sort

de son gant. Suit le délicat travail de libération des pattes, des pièces buccales et des branchies. Une fois sorti, le crabe continue à se gonfler d'eau pour acquérir sa nouvelle taille.

Les mues induisent la formation d'une nouvelle carapace, molle et moulée sous la première. Tant qu'il est mou, le crabe est très vulnérable, à la merci du premier congre affamé rôdant dans les parages. Il ne peut ni se défendre avec ses pinces molles ni trouver un refuge en courant. Il reste donc caché, en attendant de durcir peu à peu au cours des jours suivants.

Montreuil. Appel entrant de mon avocate. *J'ai de bonnes nouvelles pour vous. Décision rendue. Vous pouvez vous appeler officiellement Polina en français. Ferons le point sur la facturation. Heureuse d'avoir pu vous accompagner dans cette démarche.* Je la remercie.

Elle a dit « en français » et pas « en France ». J'ai l'impression d'avoir fait entrer mon nom dans le dictionnaire.

Je dois partir au théâtre. Je joue à 18 heures. L'amanite tue-mouches qui fume à l'entrée des artistes maintenant c'est moi. À la fin de la représentation je remonte dans ma loge. Sept appels en absence de ma sœur depuis Moscou. J'arrête de respirer. Un nouvel appel entrant. Je décroche.

V

Mort умер mort умер mort умер mort. C'est mon anniversaire. Mort умер mort умер mort умер. J'ai trente et un ans aujourd'hui. Mort умер mort умер. Sur le siège 16A du vol Paris-Moscou, je frotte le français contre le russe. Je les frictionne l'un contre l'autre.

Ça fait deux jours que je ne sens plus rien. Je me dis que c'est peut-être parce qu'on m'a dit « mort » au lieu de « умер ». Une mort russe annoncée par un mot français. Peut-être qu'il faut relier les deux pour sentir quelque chose. En attendant, c'est un mot-cheval de Ladoga. Pris dans la surface gelée d'un lac. Je vois sa forme sous l'épaisse couche de glace mais je ne sens rien. Mort. Je lui souffle de l'air chaud pour le décongeler. Je le frotte contre le russe.

Ça fait deux jours que je ne sens plus rien et ce n'est

pas bon signe. J'ai peur du moment où l'anesthésie cessera de faire effet, de l'émotion qu'elle recouvre. Je la redoute. L'émotion. Peut-être qu'en allant la chercher. Peut-être que si on n'attend pas qu'elle arrive d'elle-même.

 Alors je continue. Je frotte « mort » sur « умер » et « умер » sur « mort », mort sur oumer et oumer sur mort. Mort-sur-Oumer et Oumer-sur-Mort. On dirait deux villages. Deux villages voisins qui se font la guerre depuis si longtemps que plus aucun villageois ne se souvient pourquoi. Un truc du genre Lilliput *vs* Blefuscu. Si tu manges pas ton œuf comme moi, je te crève. Je t'éclate contre un mur. Crac. *All the king's horses and all the king's men / Couldn't put Humpty Dumpty together again.* Mort d'un côté, Oumer de l'autre. Les larmes amères des morsures d'Oumer. Stop. J'ai trop frotté.

 C'est le beau-frère-parti-vivre-à-Moscou-Frédéric qui me l'a dit. Il ne l'a pas dit tout de suite. Il a fait des détours, des « ils ont essayé », des « de plus en plus », des « de moins en moins ». À la fin il a quand même dit le mot. Mort. Comme pour s'assurer que j'avais bien compris, qu'il ne m'avait pas perdue dans ses détours.

 Il a bien fait de vérifier. J'ai cru que si on faisait des détours c'est qu'il était encore vivant. Mais non. C'était juste pour repousser l'annonce. Le finale. Mort. C'est fini.

 Beau-frère-parti-vivre-à-Moscou-Frédéric dit « mort » puis il me passe ma sœur qui ne dit rien. Alors je le dis pour elle : « умер ». Je le dis à sa place parce que je ne sais pas qu'on ne peut pas faire ça. Dire à la place de quelqu'un. À ce moment-là, je ne le sais pas encore. *Da, умер*, dit ma sœur.

J'atterris en pleine nuit. Ça laisse un sursis d'ici le jour. Annonce Aeroflot. *Bienvenue dans la ville-héroïne Moscou. Nous nous souviendrons toujours de l'exploit de nos vétérans et de celui du peuple héroïque pendant la Grande Guerre patriotique.* Il n'est plus là mon vétéran à moi, mon représentant du peuple héroïque. Il est à la morgue de l'hôpital numéro 64 depuis deux jours. Quand cette pensée arrive, je la bloque. Je la stoppe net. À la morgue, il fait froid. L'idée que mon grand-père ait froid, même mort, me donne envie de manger du verre pilé.

Je pense plutôt à l'âme qui reste encore trois jours. Trois jours présente dans les endroits chers au défunt, les endroits de sa vie terrestre. Je ne connais pas les détails, je préfère ne pas, cette information me convient comme telle. Je me presse d'arriver à l'appartement. Nous sommes la nuit du troisième jour, je veux être là à temps. Je fais un décompte avantageux qui me laisse plus d'heures pour étreindre son âme. Étreindre son âme morte avec mon corps vivant. Si ça se trouve on ne dit pas âme morte, on dit âme tout court. Si c'est profane d'avoir dit ça, j'espère que je n'ai pas perdu ma chance de l'étreindre pour autant. Je tiens à le faire, puisque c'est tout ce qu'on nous laisse.

Quand le taxi me dépose devant le hall d'entrée, il est 2 heures du matin, je lève la tête vers le sixième étage. Les lumières sont éteintes.

J'ouvre doucement la porte d'entrée, pose mon sac sur le meuble à chaussures. Je regarde la porte de la chambre avec balcon. Je n'arrive pas à croire que je n'y réveillerai personne. Dans la chambre côté sud dort Larissa. Larissa s'occupe de mon grand-père. S'occupait. Pourvu que Larissa ne sorte pas de sa chambre. Pas cette nuit. Pourvu qu'elle attende demain matin. J'enlève mes chaussures, je vais tout de suite vers la chambre avec balcon. La porte enrideautée est fermée. Les rideaux occultants font leur travail. J'ouvre, j'allume. Je vois son lit. Fait. Vide.

L'odeur de sa chambre est sel de pâmoison. Par ce mélange de Validol, Corvalol, Vaseline, Voltarène, Fastum Gel et quelque chose encore de doux-amer, il ne reste plus rien de mon anesthésie, ni de ma torpeur. Je me laisse glisser sur le sol. Genoux à terre au pied du lit vide fait prie-Dieu, visage dans les carreaux de la couverture lie-de-vin en laine.

La sonnerie du téléphone me réveille. C'est ma sœur. Ma sueur. *Tu es arrivée ?* Oui. *Tu as dormi où ?* À ton avis ? Sur son lit. Pause. Je vois, dit ma sœur. Je ne relève pas le « je vois », je ne relève pas non plus la pause. Je fais comme s'ils n'avaient pas existé. Non pas que la relation que j'ai avec ma sœur soit mature et équilibrée. Mais je n'ai pas la force, là, tout de suite, d'écouter pourquoi je ne dois pas dormir dans le lit d'un mort. Il y a deux lits dans cette baraque. L'un est pris, l'autre est devant moi. Donc c'est sur celui-ci que je me couche. Sur ce lit-ci que je dors. Son lit à lui. Oui.

Ma sœur le sent. Et quelque part dans notre patrimoine génétique nous partageons un même sens des priorités. On passe sur le lit du mort pour se concentrer sur son cercueil. Quel cercueil. Quel bois. Quelle croix. Quelles inscriptions. Quelles fleurs.

J'ai le choix. Soit je commence par l'église, soit je commence par le cimetière. De toute façon, l'église est sur le territoire du cimetière, ou bien c'est l'inverse, bref c'est au même endroit. Je décide de commencer par le cimetière. J'aperçois devant moi l'enceinte. Dans ma tête ça chante. Les murs d'enceinte / Du labyrinthe / S'entrouvrent sur / L'infini.

Il faut entrer par le portail piéton, pas par celui des voitures. C'est ce qu'il faut faire mais je ne sais plus pourquoi. Sinon c'est toi le prochain à passer le portail en corbillard, quelque chose comme ça.

Après l'enterrement de ma mère, j'allais sortir par le portail voiture, mon père a crié *Pas par là*. Il a eu peur. Il m'a pris la main, on est sortis par le portail piéton. Mon père est mathématicien. Les voies de la superstition sont impénétrables. Impénétrables mais héréditaires et contagieuses. Qu'est-ce que ça te coûte de changer de portail ? De dévier ta trajectoire de quelques pas ? Au pire tu fais quatre pas pour rien, au mieux tu te sauves la vie, tu te mets toi-même à l'abri du corbillard. Pas du corbillard en général, du corbillard punitif. Celui réservé aux objecteurs de superstitions. Qui dorment dans les lits des morts et passent par le grand portail. J'imagine le portail à voitures qui regarde passer les cercueils les uns après les autres. Encore un qui n'a pas voulu marcher jusqu'au portail piéton, encore une qui n'a pas touché du bois quand elle a parlé de cancer, encore un qui a renversé du sel et qui n'a pas ri après. Qu'est-ce que ça te coûte de passer par le petit portail ? Ça me coûte. Aujourd'hui, ça me coûte. Je passe par le grand portail. Celui qui est grand ouvert, droit devant moi.

Je tourne à droite. Le minibâtiment de l'administration est à côté de l'église. Il ressemble à un bungalow de chantier. Lui aussi je le connais. À l'intérieur un hall et, en face de la porte, une minifenêtre enfoncée dans le mur, toujours fermée. À moins de faire un mètre dix, impossible de parler à la personne assise de l'autre côté sans se baisser. C'est-à-dire qu'on pourrait. On pourrait se dire : je suis en deuil et je suis digne. Se mettre face à cette fenêtre qui se trouve pour une personne de taille moyenne quelque part dans la région du foie et parler droit devant soi en fixant le mur. On pourrait et alors on parlerait très fort pour que le son ricoche sur les murs et qu'une infime partie, un reste d'écho traverse la minifenêtre jusqu'à la personne assise de l'autre côté. On pourrait. Seulement après, on se trouverait bien en peine. Après, si on voulait parvenir à quelque chose, il faudrait bien finir par se baisser. Parce que la personne assise derrière sa fenêtre à un mètre dix du sol murmure. Oui, exprès. Pourquoi ? Parce qu'elle en a rien à foutre. Tout le monde a des morts ici. Des morts toute la journée. Et pas juste aujourd'hui, non, depuis des semaines, des mois et même des années. C'est peut-être déjà elle qui était là quand on a enterré ma mère, c'est peut-être elle aussi qui était là quand on a enterré ma grand-mère. Elle en a plein le cul de nous et de nos morts. Tu veux en mettre encore un ? Alors baisse-toi. Baisse-toi. Courbe l'échine.

Ma colonne vertébrale se transforme en crochet de cuisine Ikea. Crochet Grundtal. 2,99 euros les 5 pièces. Acier inoxydable. J'ai dit cuisine mais on peut vraiment les utiliser n'importe où. « Bonjour ? Bonjour ? » J'avance un peu ma tête dans le renfoncement du mur. L'individu hauteur un mètre dix entrouvre mollement la minifenêtre sans me regarder. *C'est pour quoi ?* À ton avis. Un menu Maxi Best of double frite sur place. « C'est pour un enterrement. » Je le/la f-a-t-i-g-u-e d'avance. L'individu hauteur un mètre dix tourne mollement le visage vers le fin fond du bungalow et mollement fait couler un filet de voix : Vass' ? Vassia ?

L'individu hauteur un mètre dix referme moins mollement sa minifenêtre. Ça y est là, je l'ai épuisé. L'interaction est terminée. Je déplie mon S.

Au fond du bungalow, une porte s'entrouvre. Dans le hall apparaît une version musclée et jeune de Tchikatilo. Visage pâle, rasé à blanc, c'est même plus des yeux bleus, c'est creepy husky. Il ne lui manque que la hache. Franchement, juger les apparences, le physique, les vêtements, c'est vraiment ancien monde. Si ça se trouve, il est doux, délicat et il joue de la flûte traversière. Tchikatilo veut juger du travail à faire sur site. Il faut aller voir. Il emmène un de ses coéquipiers. La dernière chose dont j'ai envie c'est de négocier du pognon sur la tombe de mes ancêtres. Mais là, au cimetière, c'est Tchikatilo qui décide. Il regarde, il mesure, il échange quelques sons avec son partenaire. Ils font des mines affectées, me disent un prix. Mon téléphone sonne, c'est ma sœur qui appelle. Demande. Combien. Combien ils ont demandé. *Quoi ? Mais c'est trop cher, la mère de Katia a payé moitié moins.* J'explique à Tchikatilo que c'est trop cher, que la mère de Katia a payé moitié moins. Tchikatilo veut que je négocie. Ma sœur veut que je négocie. Moi je ne veux pas négocier. C'est non négociable, putain. On n'est pas au marché là. Eh ben si. On retourne au bungalow. En chemin Tchikatilo m'explique que c'est déjà une fleur, parce que c'est pour un vétéran de la Grande Guerre et que s'il le fait d'après le logiciel bungalow, ça sera encore un tiers de plus. À cause de la Grande Guerre, il veut bien inclure dans le prix le transport du cercueil dans l'église puis jusqu'à la tombe mais c'est tout. Et c'est vraiment pour la Grande Guerre. J'en ai marre. J'en ai marre de Tchikatilo, j'en ai marre de ma sœur et j'en ai marre de la Grande Guerre. On ressort du bungalow avec Tchikatilo et son pote. Je dis Arrêtez de m'accrocher des nouilles aux oreilles. Donnez-moi le vrai prix, je signe et je me casse. On sait que vous, vous montez les prix, moi en retour il faut que je les baisse, faisons honneur à nos intelligences respectives, la vôtre et la mienne, passons direct au vrai prix. J'ai fait un quitte ou double. Tchikatilo ne s'attendait pas à ça. Il me fait le coup du mec indigné. Il joue de la mâchoire. Indigné mais pas trop. Il demande la moitié en cash, la moitié par contrat, sur un prix qui se rapproche un peu plus de celui de la fameuse mère de la fameuse Katia. Je signe. Je me casse.

Tchikatilo me rattrape. *Et vous allez me prévenir comment ?* Je ne comprends pas. *Vous êtes partie, vous n'avez même pas pris ma carte. Quand vous approcherez du cimetière avec le corbillard, vous m'appelez. J'arriverai avec mes gars.* Il me tend sa carte de visite. Il a une carte de visite, lui ? Je la prends, je dis merci. Nom prénom en lettres gothiques blanches sur fond noir. Un numéro. Rien au verso.

Il reste l'église. Je m'arrête au milieu de la corolle de chiens et chats errants accostés au pied des marches. On les sent habitués à la collecte de dons. Un bâtard dégarni entrouvre un œil au cas où il y aurait pitance. Il n'y a pas de pitance. Paupière refermée, tête reposée. Je monte les escaliers. Écharpe sur cheveux, les deux pans sous le menton, on va dire que ça passe. Je pousse la porte d'entrée en bois verni. À l'intérieur il fait sombre, ça sent les lys et l'encens. J'aime bien. J'aime bien mais je me méfie. J'ai toujours l'impression que quelqu'un va arriver pour me foutre dehors. C'est peut-être à cause de la fois à Serguiev Possad quand j'avais quinze ans. C'était le mois d'août, j'avais une jupe. Un triangle noir avec un rond blanc au sommet s'est approché. Visage pâle de vieille femme avec du tissu autour. Au début j'ai pas compris, je lui souriais un peu en mode wouah une vraie nonne me parle. Puis j'ai saisi ce qui filtrait entre ses chicots. Honte. Jupe. Elle me disait d'avoir honte et de sortir de là avec ce qui me sert de jupe. J'ai tâté du bout des doigts le tissu sur ma jambe. Pas long, pas ras-la-salle-des-fêtes non plus. Quand le triangle noir s'est mis à faire des mouvements concentriques façon pigeon qui en chasse un autre, je suis sortie.

Cette fois je n'ai pas de jupe d'été mais j'ai mes règles. Quand t'as tes règles t'as pas le droit d'entrer dans l'église. T'as pas le droit parce que t'es sale et l'église c'est propre alors t'attends. T'attends d'être propre, et quand c'est bon tu y retournes avec ta jupe longue, tes cheveux couverts et ta phase lutéale.

Je me dis de toute façon ils en savent rien et puis je suis déjà à l'intérieur. Je vais pas leur dire, vous savez, je viens de vous dégueulasser votre église alors sortons plutôt parler à l'extérieur. Pendant que je pense à ça, mes yeux s'habituent à la pénombre. Tremblements de cierges dans le courant d'air, lampes éternelles aux cœurs mordorés, reflets dorés de l'iconostase.

Derrière le comptoir aux icônes une femme agence des petites croix en argent. Je m'approche, je demande comment on fait pour prévoir un office. Pour vendredi. Un otpévanié. Otpévanié, c'est à la fois le chant de prières pour le mort et le silence qui suit ce chant. Une sorte de chant-chat de Schrödinger.

La femme fait oui de la tête et disparaît sous le comptoir. Elle remonte avec un grand cahier noir. Un agenda où se croisent baptisés, fiancés et défunts. Pendant qu'elle cherche la page de vendredi je regarde l'affichette scotchée au mur. Un photomontage avant/après. Avant : image 3D d'un fœtus qui demande à sa mère de le garder. Après : image d'un petit garçon joufflu en tenue de la marine de guerre. Elle, elle n'avorte pas pour que lui, il parte au front. C'est clairement win-win. Je me demande qui a eu cette idée. Je me demande qui s'est dit : Elles vont voir ça, elles vont se dire je le garde !

Son nom ? La femme derrière le comptoir attend, l'ongle de l'index posé sur une ligne du cahier noir. Ivan, je dis. *Ioann*, elle corrige. Elle traduit. Du profane vers le religieux. *Quel âge ?* Quatre-vingt-dix-huit. La femme derrière le comptoir acquiesce. Quatre-vingt-dix-huit elle a l'air de trouver ça bien. Puis elle demande s'il est baptisé, oui oui, je dis. Ça c'est une question piège. Pas de baptême = pas de chant de prières. La femme derrière le comptoir m'écrit le montant à régler le jour J. Je dis merci. Je m'étonne de m'étonner que ça se paye.

Quand je rentre, Larissa a fait ses bagages. Son gendre vient la chercher en minibus cette nuit. Elle rentre en Moldavie. Elle se fait cuire des patates pour la route en écoutant des chants orthodoxes sur YouTube. Elle m'appelle à la cuisine. Ça fait longtemps qu'elle veut me raconter l'histoire du diable qui voulait piéger l'honnête homme et là c'est le moment. Le principe c'est que le diable tend des pièges à l'honnête homme pour l'empêcher de prier et au dernier moment, tac, l'honnête homme s'en sort. Une sorte de *Bip Bip et Coyote* spirituel. À chaque victoire de l'honnête homme, Larissa me regarde comme si elle venait de me poser une question. Faut que j'aille faire les courses, je dis, pour la table des pominki.

Pominki. C'est un programme à part entière. Il faut préparer le repas pour ceux qui viendront après l'enterrement. Je vais sur Internet pour trouver un menu type. J'ai fait l'erreur de demander l'avis de ma sœur. J'ai regretté au premier son de message WhatsApp entrant. Le premier d'une série de liens vers des recettes à l'eau bénite avec blinis à déposer sur le rebord de fenêtre pour je sais plus qui. Je crois qu'elle me les envoie sans les lire. C'est quoi ces histoires de blinis bénits ? je dis. *Ben quoi ?* Ben rien, vas-y laisse tomber je me débrouille. Je veux bien faire la koutia, je fais des blinis normaux et puis c'est tout.

Je raccroche, je retourne quand même lire son site pourri. Au cas où. Je constate qu'avec ou sans blinis bénits, le bortsch est une constante. En plus, dit le site, on peut adapter les portions à un nombre de convives imprévu. Parfait.

Je descends chercher de la betterave. Je lance le bortsch sous l'œil sceptique de Larissa : Tu ne mets pas les patates en premier ? Ah tu les coupes comme ça, toi ? Quand j'arrive au croisement oignons-carottes elle craque. Elle nous met une playlist de prières sur son téléphone et elle prend le lead. Le soir le frigo est plein. Blinis pas bénits, salades, bortsch, patates et deux bols de koutia. Tout l'immeuble peut venir.

À 2 heures du matin, le gendre n'est toujours pas arrivé. Va te coucher, dit Larissa, si ça se trouve ils les retiennent encore à la frontière ukrainienne.

On se dit au revoir debout dans le couloir. Je me suis attachée, elle dit, à lui, à toi, à vous, excuse-moi. Je ne sais pas pourquoi elle s'excuse. Je la remercie et je la presse un peu contre moi. C'est maladroit mais je crois qu'elle a saisi l'essentiel. Depuis la chambre avec balcon jusque tard dans la nuit je l'écoute faire des allers-retours dans le couloir. Au matin Larissa n'est plus là.

Rendez-vous à la morgue dans une heure. Je récupère les fleurs sur le balcon et je descends. Ma sœur passe me chercher en taxi. Collées-serrées sur la banquette arrière au milieu des bottes de tulipes dentelées, des roses blanches et du mimosa. Je vérifie à travers la doublure du manteau que j'ai toutes les enveloppes de cash.

Il y a des bouchons, on est en retard. Quand on arrive enfin devant la grille de l'hôpital, l'hystérie commence. On sort de la voiture, on prend les fleurs. On court d'un bâtiment gris à l'autre. On demande aux gens qui entrent si c'est ici la morgue.

On finit par trouver. Un petit bâtiment encore plus gris que le gris de l'hôpital. Mon père est là. Mon cousin-vieux aussi. On sent que lui, il n'était pas en retard. Un homme en blouse arrive pour nous conduire vers une sorte de hangar à porte coulissante. À l'intérieur, le cercueil a l'air tout petit. Je m'approche. Je le vois. Il ne se ressemble pas du tout. Le type de la morgue reste à côté de moi, il me regarde comme s'il attendait le feu vert pour servir la bouteille. C'est bon, je dis. Il va chercher les autres. On s'entasse dans l'entrée puis on s'approche un par un. Ma sœur dit : Ils ont bien travaillé. Oui, très bien, je dis – c'est pas comme si on pouvait changer quelque chose. Elle regarde, elle inspecte, puis d'un coup quelque chose ne va pas. Ils ont oublié de couper la cravate. Elle l'avait demandé, ils ne l'ont pas fait. Ma sœur s'agite, fait des allers-retours avec les types des pompes funèbres. Le cousin-vieux s'agace, il veut se mettre en route. On va être en retard, il dit, on va être en retard.

Je ne sais pas pourquoi il faut couper cette cravate mais je sais qu'aujourd'hui les horaires des vivants pâlissent devant l'éternité du mort. Notre seul vrai rencard de la journée, il est là, allongé sur le capiton satiné couleur crème. Je dis au cousin-vieux qu'on ne part pas tant que la cravate n'est pas comme il faut. Le cousin-vieux la boucle. Il a compris. Pas bête, pas méchant non plus.

On coupe la cravate. On pleure. On pose les fleurs dans le cercueil. On pleure. On arrange les fleurs. Les roses blanches. Les tulipes. Le mimosa. Les roses rouges. Les œillets. On regarde notre mort couvert de fleurs. On pleure.

Sur la vision du mimosa qui se dédouble, je me rappelle que le moment de la première enveloppe de cash est arrivé. Celle pour les employés des pompes funèbres. Je m'approche du type qui m'a fait entrer dans le hangar et je lui glisse un rectangle blanc dans la poche de la blouse. On dirait que j'ai fait ça toute ma vie. Ensuite je dois aller trouver un homme qui s'appelle Andreï. C'est lui qui doit nous conduire au cimetière.

Dehors, je ne vois personne. Sur le parvis de la morgue, pas de corbillard en vue mais un UAZ fourgon. Je m'approche. La portière s'ouvre, un homme descend. Il m'arrive à l'épaule. Il a un knout dans la main et une sorte de toque cosaque posée sur le sommet du crâne. Je crois que ça s'appelle une koubanka. Andreï ? je dis. Andreï, il dit. Il retourne avec moi dans le hangar. De surprise, ma sœur s'arrête de pleurer. Je le remercie. Mentalement je le remercie. Pour son knout, pour sa toque fourrée et pour le reste.

Andreï range son knout pour aider à charger le cercueil. Tout le monde monte dans l'UAZ fourgon, sauf le cousin-vieux qui repart dans sa voiture. Je me mets sur le siège avant à côté d'Andreï. Il garde sa toque, pose son knout sur le tableau de bord et démarre.

Pour aller au cimetière il faut traverser la Moskva d'une rive à l'autre. Dans l'UAZ ça secoue, ça sent l'essence et l'arbre magique qui pendouille du rétroviseur. Au début j'ai mal au cœur puis je finis par être bercée. Le temps de la traversée, c'est la trêve des larmes.

Entre deux feux rouges, je demande à Andreï d'où vient son knout. Il me regarde avec des yeux bleus transparents, plus bleus encore que ceux de Tchikatilo. Il me regarde sévèrement mais sans reproche. Ce n'est pas un knout, il dit, c'est une nagaïka.

Quand les bulbes de l'église apparaissent au lointain, je n'ai plus envie de descendre de cet UAZ. Je tâte ma poche pour trouver l'obole de cash d'Andreï et je la lui tends. Il la range dans sa veste sans l'ouvrir.

Le cousin-vieux est déjà sur place. Il parle avec d'autres cousins plus ou moins vieux qui ont des bouquets de roses rouges dans les mains. Je ne les connais pas, je les situe vaguement sur l'une ou l'autre branche généalogique. Je m'approche, on se salue. Sur une échelle de sympathie je mettrais un 4. Sur 10. Je ne sais pas s'ils me regardent comme ça parce qu'on ne s'est jamais vus ou parce que je suis bouffie et qu'ils ont peur que je leur pleure sur l'épaule. Je les invite à nous rejoindre à la maison après l'enterrement. Je dis : Il y aura du bortsch. La branche éloignée piétine. On sent qu'elle ne viendra pas. Tchikatilo interrompt la gêne. Il vient nous dire que « tout est installé ».

Après l'enterrement, Tchikatilo m'attend près d'une tombe en retrait. Il me fait signe. Oui, oui, je dis, j'arrive. Je laisse les autres avancer vers la sortie du cimetière. Je sors la plus grosse enveloppe de cash et la lui tends. C'est la dernière. Il recompte, essaie de négocier une rallonge. À ce stade je suis incapable de dire si j'ai passé ma journée à verser des pots-de-vin, si c'est la procédure normale pour régler des frais funéraires ou bien les deux.

Quand on arrive à la maison, j'apporte sur la table les réserves préparées avec Larissa et je mets le bortsch à chauffer. Le cousin-vieux salue mes qualités de fée des funérailles.

Beau-frère-parti-vivre-à-Moscou-Frédéric nous rejoint avec sa fille. Ma nièce. Elle a cinq mois. On installe son landau sur le lit, près de la table. Tout le monde s'assoit et c'est parti pour les toasts.

C'est mon père qui commence. Il parle des parents paysans, des bonnes notes à l'école, de la guerre, des camps, des tentatives d'évasion, du retour, des études impossibles, des champignons et d'Essénine, du bon et du mauvais, du joyeux et du tragique. Pendant qu'il parle, quelque part sur le lit éclate un pet sonore. Immédiatement suivi d'un autre. Et d'un autre encore. Je regarde le landau de ma nièce. Mon père continue de parler d'une voix douce et grave, on dirait qu'il n'entend pas. Alors elles se superposent. L'oraison funèbre du défunt et les éclatantes flatulences de son arrière-petite-fille. Mon père se tait. On lève les verres sans trinquer et on boit à la vie du mort.

Le lendemain, je prépare l'appartement à rester vide. Je débranche tout, je le mets en dormance. C'est la première fois que je vais quitter cet appartement sans « m'asseoir pour la route ». Normalement, au pic de l'agitation du départ pour l'aéroport, au moment où on devrait déjà être dans le taxi depuis longtemps mais qu'on n'a toujours pas mis ses chaussures, arrive le moment où mon grand-père exige de « s'asseoir pour la route ». Alors tout le monde doit poser une demi-fesse sur la chaise du couloir ou le meuble à chaussures et se taire. C'est la tradition. Ça nous protège. De quoi on ne sait pas. Mais ça nous protège. C'est la tradition.

Cette fois il n'y a pas d'agitation. La tradition brille par son absence. Je pars à l'aéroport en avance. En bas de l'immeuble, je croise les trois hommes qui s'occupent des parties communes. Ils viennent du Tadjikistan. Je demande au plus âgé, le seul qui parle le russe, s'il serait d'accord pour me laisser son numéro au cas où. Histoire que je puisse joindre quelqu'un sur place. Il est d'accord. Je note le numéro, je lui demande son nom. *Fédia*, il dit, puis il me regarde bizarrement. Il hésite puis il ajoute *Fédia ou Khaïrullah*. OK. Il s'appelle Fédia comme moi je m'appelle Pauline. Je lui dis Ben… c'est vous qui me dites. Il dit *Khaïrullah, souvent c'est compliqué pour les gens alors je dis Fédia, c'est plus simple à retenir*. Je vois très bien ce qu'il veut dire. Il dit *Vous savez ce que ça veut dire Khaïrullah ? C'est la grâce d'Allah*. Je l'écris pour être sûre de le retenir.

Mon taxi pour l'aéroport est là. Je jette un dernier coup d'œil aux fenêtres du sixième étage et je monte dans la voiture. On passe derrière la statue de Jawaharlal Nehru puis on contourne le cirque. Devant le théâtre Sats, la femme au dauphin est cachée par les arbres. On longe l'Université, le Palais des Pionniers, le mont des Moineaux sur la gauche, le stade Loujniki au bord du fleuve. On prend la route qui traverse le centre. On ralentit sur la place Pouchkine. Devant le premier McDonald's d'URSS, il n'y a plus de file d'attente. On rejoint l'anneau des Jardins, ça bouchonne en direction du nord. Dans le rétroviseur, je capte le regard du chauffeur. Il dit Si vous voulez mettre une musique ou une radio, n'hésitez pas. Merci merci, je dis, ça ira. Puis : En fait... je veux bien. *Dites-moi ?* Il est prêt à rentrer le titre. Vous pourriez mettre *Les Fenêtres de Moscou* de Léonid Outiossov ?

Remerciements

Rémy Poncet
Olivia Rosenthal
Catherine Nabokov
Nathalie Zberro
Olivier Cohen
Alix Penent d'Izarn
Diaty Diallo
Fanny de Chaillé
Charlène Dinhut
Sergueï Abramov
Alexandra Lenormand

RÉALISATION : NORD COMPO À VILLENEUVE-D'ASCQ
IMPRESSION : CPI FRANCE
DÉPÔT LÉGAL : AOÛT 2022. N° 1959 (170266)
IMPRIMÉ EN FRANCE